오롯이, 혼자

김현경

혼자의 밤은 여전히 두렵습니다.
길게 신음하고 짧게 글을 남기는 일로
두려움을 희석시킵니다.

종이 뭉치에 글을 모은 이유는,
두려운 밤들을 함께 두려워하기 위함입니다.

글쓰기 어플리케이션 '씀'에서

#6C7A89라는 필명으로 쓰고 모아 두었던

글을 옮겼습니다.

목차

1장

처음부터 알고 있던 끝이었지만,

결말

그와의 이야기는 아직 끝나지 않았다고 생각했다. '몇 년 후'라는 자막과 함께 새로운 이야기가 펼쳐지길 기다렸다.

가을

손 안쪽에 느껴지는 따뜻한 커피의 온도와 손등에 닿는 찬 바람의 확연한 온도차를 느낄 때면 당연하게 네가 떠오른다. 너를 통해 나무는 어떤 색을 하고, 강가에선 어떤 축제를 하고, 어떤 옷을 꺼내 입었는지 기억하게 된다. 또 그렇게 이 계절을 준비한다.

이불

가을, 창문 틈의 찬 바람은 언제나 너를 불러 온다. 너의 기억을 이불처럼 덮고 잠들었다.

생각날 때마다

가던 길을, 하던 일을 멈추고, 때때로 눈을 감고, 멍하니 그 공기의 온도와 습도, 냄새를 떠올린다. 날숨이 섞인 그 공기가 따뜻하지 않은 적 없었다.

모르는 곳

내가 몰랐던 곳들, 가보지 못했던 곳들에 이미 네 이름이 가득했다. 들어만 본 지명들 위엔 네 이름의 라벨이 주차위반 딱지라도 되는 양 떼어낼 수 없도록 붙어 있었다. 네가 살았다던 남반구의 어느 섬. 눈물을 글썽이며 그곳에서의 어려웠던 어린 시절을 내게 고백하던 네 모습을 떠올렸다.

오늘은 네가 어쩌면 두 번째로 힘들었을 곳에 와 있다. 편의점 하나 열지 않은 작은 이 동네는 적막하기만 하다. 나는 이 낯선 동네에 진득하게 붙어 버린 네 이름의 라벨을 긁어내길 포기했다.

아름다운

그 밤들의 가로등 불빛은 잊지 못할 아름다운 빛이었다. 건물 아래 하나 있던 노란 불빛과 다리의 끝과 끝에 있던 가로등 그리고 해운대 벤치 위의 불빛이었다. 그 입김으로 번지던 노란 불빛을 다시는 볼 수 없다.

비가역성

화학 시간에 가장 이해하기 어려웠던 개념은 '비가역성'이었다. 결합도 되고 분리도 되는데 왜 다시 되돌아갈 수는 없는지 이해하기 힘들었다. 아니, 받아들이는데 꽤 오랜 시간이 걸렸다.

<라라랜드>라는 영화를 봤다. 영화관에서 나와 꽂은 이어폰에서는 <달리 되었더라면>이라는 제목의 노래가 나왔다.

비가역성을 받아들이는 일은 살아가면서도 항상 힘들었다. 깨어진 관계를 왜 되돌릴 수 없는지, 내뱉은 말은 왜 주워 담을 수 없는지, 떠나간 사람은 왜 다시 만날 수 없는지, 하는 물음들엔 누구도 이유를 가르쳐 주지 않았고 그저 혼자 감당해야 하는 사실들이었다. 변형

된 단백질이 다시 돌아올 수 없듯 그 관계와 말과 사람도 돌릴 수 없음을 아직 이해할 수는 없지만 인정하기로 했다.

원칙

너의 원칙이 또 나를 할퀴었다. 내 전화를 받으면 안 된다는 것, 나와 마주앉아 술을 마실 수 없다는 것, 마주치면 눈길을 피해야 한다는 것. '더이상 그러면 안되는 사이야'라는 원칙은, 네 그 원칙은 왜 내게만 이리도 철저한지. 왜 난 너의 것을 지켜야만 했고 내 것은 지킬 수 없었는지.

목소리

얼마 전 수화기 너머로 네 목소리가 들려왔다. 때때로 마주쳐도 아무런 말도 하지 않던 혹은 아주 짧게 안녕, 이라던 너였다. 그 목소리를 듣고 나자 그 이후에 내가 멈추었던 목소리들의 생김새는 너의 것과 닮았다는 사실을 깨달았다. 얼마큼의 콧소리가 들어가고 공기는 어느 정도 섞이고, 어떤 음이었는지. 너와 비슷한 음의 목소리를 가진 사람들 앞에서 나는 멈추어 귀를 기울이고 콧소리의 농도를 재었다.

독립

너의 것과 나의 것이 혼재된 나에게서 나의 것들만을 독립시키는 데에는 꽤 오랜 시간이 걸렸다. 네가 좋아하던 색과 내가 좋아하는 색을 구분 하는 일도, 네 말투를 내게서 덜어내는 일도, 모두 너라는 존재를 부릅뜬 눈으로 응시해야만 가능했다.

지나간 뒤에

너는 내게 모기 같다. 밤 귓가에 맴돌아 잠을 깨우는 그 윙-하는 소리처럼 네 기억은 머리맡에서 나를 잠들지 못하게 한다. 모기가 물고 간 자국처럼 너는 지나간 뒤에도 내게 남아 피가 나도록 벅벅 긁게 만들었다.

공간

리쌍의 노래 중에, '너와 자주 가던 식당이 망해 없어졌으면 좋겠다' 하는 가사가 있다.

망해서 간판을 떼어내고 있던 그 식당 앞에서, 서로가 매운 음식을 잘 못 먹는다는 걸 처음 알게 되었던 날을 떠올렸다. 그 식당이 진짜로 망해버려서 조금은 속시원하다, 생각하며. 그렇게 우리가 자주 가던 식당들은, 카페들은 하나둘씩 사라졌다. 애써 찾아가려 해도 찾아갈 수 없는 그 공간들이 허물어지는 동시에 기억들도 허물어져 가는 것 같았다.

마치 영화 <이터널 선샤인>에서 꿈속 집이 무너져 가며 기억을 잊게 되는 모습처럼. 영화에서 주인공은 "제발 그 기억만은 남겨 주세요. 이 순간만은"이라고 애원했다.

이해

나는 너를 이해할 수 없었다. 도대체 왜일까 주변에 묻고 내게 묻고 네게 물어도 할 수 없었다.

생략

네 생략된 작별의 이유와 안부의 말 사이를 채우는데 많은 시간이 걸렸다. 퍼즐을 맞추듯 이야기를 하나씩 맞춰 나가는 데에도 몇 년이 걸렸다. 온 기억과 감정을 헤집은 뒤에야 할 수 있었다.

처음부터

처음부터 알고 있던 끝이었지만, 나는 마치 전혀 몰랐던 사람처럼 흩어지는 뒷자락을 잡으려 허우적댔다. 닿지도 않을 손을 뻗어 넘어지고 그 기억의 덤불을 뒹굴었다. 내 마지막 집착의 기억이다.

연락

우리는 헤어지고도 연락했다. 마치 다투고 난 다음 날처럼 조금 서먹한 대화를 이어나갔다. 관성에 이은 대화였다. 너는 어느 바다의 풍경을, 그날 요리해 먹은 파스타 사진을 찍어 보냈다. 나는 멋지다, 맛있겠다, 대꾸했다. 잘자라는 말만 없었다

서툰 이별

언젠가 이런 질문을 받은 적이 있다.

"그리운 것과 보고 싶은 것의 차이를 알아요?"

"글쎄, 보고 싶지만 그립지는 않거나 그립지만 보고 싶지는 않은 사람을 떠올려 보면 알 수 있지 않을까." 답했다.

매일을 너와 보낸 시간을 떠올리며 그리워한 날들이 있었다. 네가 돌아오면 다시 보자고 한 약속을 굳게 믿으며 보낸 시간이었다. 간간히 네가 떠오르는 시간마다, 너를 다시 만나게 된다면 어떤 표정을 지어야 할까, 먼저 인사를 해야 할까, 어떤 말을 건네야 할까, 하는 고민을 했다.

너를 다시 마주하게 되었다. 꼬박 2년만에 네 옆에 앉아 캔맥주를 마시던 날, 조금 쌀쌀해진 밤공기와 적막과 그 적막을 채우던 어색함이 기억난다.

그리고 생각했다. 너는 내게 그립지만 보고 싶진 않았던 사람이었구나. 그때의 시간은 소중했고 돌아가고도 싶지만, 그럴 수 없게 되어 버렸다. 나는 그 비가역성을 그제야 인정했고, 그리움과 보고 싶음의 차이를 또렷하게 느꼈다.

괜찮은 척

영원히 극복하지 못할 것 같던 사람을 앞에 두고 나는 괜찮아, 나도 괜찮아, 할 수 있는 날이 왔다. 오고야 말았다.

2장

춥다. 추운 서울이다.

운동

출발선에서 나는 이게 백 미터 단거리 달리긴 줄 알았는데, 풀코스 마라톤이었어. 혹은 철인 3종 경기라던지.

지금껏

'지금까지도'라는 말과 동의이나 사십 퍼센트가 줄은 글자 수, 그 세 글자 단어는 더욱 또렷이 나의 초라함과 나약함을 보여준다. 지금껏, 하고 한숨처럼 내뱉는 말은 큰 파도가 되어 나를 덮친다. 뒷말이 더해지지 않아도 그로써 오롯이 잔인하다.

많은 사람 중에

출근길 버스 안에서 눈물이 찔끔 났다. 서울 한복판 그 많은 사람 중에 얼굴이라도 아는 사람을 만난다면 부둥켜 안고 엉엉 울 것만 같았다.

무섭다

우울의 깊이, 오롯이 혼자 버텨 내야 하는 밤, 끝없는 공허와 육신의 고통, 지난날 네게 들은 비난의 말들, 나를 떠나간 사람들, 내딛지 못하는 한 걸음과 그 발에 꽂힌 시선들, 눈덩이처럼 굴러오는 의무와 기대들, 그리고 돌아올 내일과 내일의 나.

사람

텅 빈 방은 지내온 지 반 년이 넘었건만 여전히 어색하고 어딘가 한기가 서렸다. 검은 천장을 마주한 채 나는 이 감정은 무엇일까, 설명하자면 '보고 싶다'라고 말할 수 있을까 생각했다.

"요즘 느끼는 감정을 솔직하게 말해 주세요"라는 상담사의 말에 나는 '보고 싶다'라는 것도 감정일까, 그렇게 대답해도 될까 고민했다.

누군가 특정한 사람을 보고 싶은 것도 아니다. 친한 친구도 대학 동기도 가족도 헤어진 연인도 아니었다. 사람들과의 약속을 미루는 걸 보아 외로운 것도 아니었다. 목적어도 없고 외롭다는 말과 대치되지도 않는 그 감정에 이름을 지어 주자 씨앗처럼 마음속 한구석에 있던 감정이 콩나무처럼 자라나 나를 칭칭 감쌌다.

권태

그러니까, 결국 이 모든 것을 설명해 줄 단어는 '권태'였다. 견디기 힘든 권태에 나는 "삶이 재미없다."라는 말만 반복하며 술만 들이켰더라. 더는 해내는 일들도 재미가 없었고 칭찬과 좋은 말도 겉치레일 뿐이라 생각했다. 검고 작은 방에 덩그러니 누워 언젠가의 호기심과 활력으로 가득찬 삶을 떠올리며 뒤척일 뿐이었다.

붙잡다

붙잡고 울 수도 없었다. 붙잡고 울 수 있는 사람이 없었다는 말이 더 옳다. 불투명한 연기와 함께 울음을 꾸역꾸역 삼켰다.

집

그때에도 나는 “엄마, 나는 맘이 아파.”라는 말을 하지 못했고, 오늘에도 나는 “엄마, 나는 몸이 아파.”라는 말을 하지 못했다. 집에만 가면 울컥, 펑, 하고 터져 버리는 탓에 집에도 가지 못했다. 먼 타지에서 오는 엄마의 전화를 받지도 못했다. 언제나처럼 조금은 괜찮아진다면, "조금 몸이 안 좋았는데, 지금은 괜찮아"라고 다시 전화를 걸 것이다. 이번에는 어쩌면 조금의, 혹은 어느 정도일지 모르는 죄책감과 또 얕은 우울과 덜 괜찮은 아픔을 목소리에 담게 될 것이다. 그리고는 " 이런 일이 있었어, 나름대로 재미있었어" 하고 엄마는 그러게 아프지 않게 밥 잘 챙겨 먹으란 말을 할 것이다.

실망

고등학교 일 학년 때 계주였다. 같은 숫자의 반끼리 한 팀이었는데, 내가 백 명이 넘는 학생들의 기대를 받는 첫 번째 주자였고 잘 뛰지 못하면 어쩌나 하는 생각이 가득했다. 그때나 지금이나 딱히 친구들에 그런 말을 할 성격은 아니지만, 삼 학년 선배 언니에게 "저 좀 안아주세요"라고 했다. 오늘은 그 뒤 처음으로 대학 오 학년이 되어 후배에게 "나 좀 안아줘" 말했다.

귀가

집에 가는 길이 두려웠다. 오늘 하루도 오롯이 내 것으로 보내지 못했다는 자책과 두려운 다음날 아침의 해, 그리고 곧 마주할 외롭고 검고 차가운 방을 떠올렸다.

공허함

공허함, 그 공허라는 말로 결론 나는 감정은 매일의 새벽을 괴롭혔다. 열망할 것 하나 없는, 떠올릴 사람 하나 없는 공허는 결국 또다시 공허라는 말로 귀결되었다. 덧붙일 말도, 시작하고 끝낼 말도 없었다.

격차

오랜만에 만난 친구들.

언제나처럼 "잘 지냈어?"라는 말로 시작해, "잘 지내"라는 말로 헤어지곤 한다. 그 말들 사이에 그동안 내가 지켜보지 못했던 그들의 소식을 들으며 나는 꺼낼 말이 없다. 먼저 나아가고 배워 가는 친구들을 보며 그저 그 자리에 그대로인 내 발끝만 하염없이 내려다 본다.

지금

조르바의 말처럼 지금 이 순간만을 살아가는 것에 집착했으면서도 이는 언제나 어려웠다. 즐거운 일 사이에서도 이 즐거움이 깨어질까 걱정했다. 빈 시간을 쉴 수 없던 이유는 까마득한 곳에서부터 울컥 울컥 올라오는 떠나간 이들의 목소리와 내일의 한숨을 떠올린 까닭이었다.

걱정

"너는 자라 내가 되겠지……. 겨우 내가 되겠지."라는 김애란의 문장을 읽는다.

제주의 숲을 걷다, 그는 문득 내게 어린 시절 꿈이 무엇이었냐 물었다. 나는 퉁명스레 "그런 거 없었는데."라고 답했다. 정말로 없기야 없었지만 이런 어른이 되고 싶지는 않았다. 겨우 이런, 이따위의 어른은.

언젠가 삶의 끝이나 바닥 쯤에 와 있었다고 생각했는데 그 바닥은 심해와 같이 아무리 가도 끝이 없었다. 수면 위로 올라가려 노력해도 그 끝없는 수압에 가라앉기만 한다. 이쯤이면, 이번에는 정말로 바닥에 오게 된 것은 아닐까, 그렇다면 나는 바닥을 딛고 다시 올라갈 수도 있지 않을까, 매번 생각하지만 아직도 이 끝이 어디인지는 알 수가 없다.

걱정해야 할 일을 걱정하지 않고 있다. 어쩌면 걱정하지 않는 척을 하려 노력하는 것일지 모른다. 걱정하고 고민하기 시작하면 나는 다시 끝없이 검어질 테니까. 다행인지, 다행이 아닌지도 모르지만, 이제 이정도로는 나를 벼랑으로 내몰지 않는다. 다만 더이상 요동치지 않는 감정은 어떻게 보면 내 자신에게 관심을 잃었기 때문인지도 모른다. 어떻게 보면 내 자신에게 관심이 없는 것일지도 모른다. 이제 나는 다른 사람, 언제나 저렇게 사는 별 거 아닌 사람. 오늘 굶지 않을 수만 있다면 된다.

초록

한해 전 같은 오늘과 같은 초록을 보며 울었다. 두 해 전에도, 세 해 전에도, 그리고 네 해 전에도 같은 초록을 보고 같은 온도의 햇살을 받으며 주저 앉아 훌쩍였다. 오늘의 초록과 부드런 바람과 따사론 햇살에 나는 어찌 자꾸 울먹이게만 되는지 알 수가 없다.

방

나는 서울에 친구도 몇 없고 가족도 없고 아는 사람조차 얼마 없어. 하루종일 일만 하고 알지 못하는 사람들과 살가운 척 이야기를 나눠. 너는 살가운 사람이 아니라 그런 내가 신기하다고 했지. 나도 그런 사람 아냐. 매번 매순간 지쳐. 아침부터는 그날 해야 하는 일들을 하나씩 처리하고 밤늦게는 하던 일과 가게를 정리하고 불을 끄고 버릴 쓰레기를 챙겨 나와. 그렇게 십오 분을 걸어서 막차에 가까운 지하철을 타고 집에 오면, 언제나 휑한 방밖에 없어. 서울의 밤은 아직도 나한테 너무 추워서 낮에 열어 두고 간 창문을 닫고 보일러를 켜고도 한참을 옷을 못 갈아입어. 그러고 있다가 대충 씻고라도 나오면 내가 어떤 생각을 하는 줄 알아? 그걸 너는 한번도 느껴본 적도 없었고 궁금해한 적도 없었겠지.

냉장고

아마도 지난 한 달 냉장고를 열어 본 적 없었다. 그가 내게 꾸중을 하며 나의 냉장고를 확-열었을 때, 나는 작게 아, 탄식을 하며 조금 주저앉을 뻔 했다. 멀쩡해 보이는 냉장고만큼 멀쩡하게 살아가는 듯 보이는 나의 멀쩡하지 않은 속을 들켜 버린 것만 같았기 때문이었다.

그로부터 며칠 뒤, 별것 아닌 일로 아무 일도 붙잡고 있지 못한 날, 그에게 그만 보자 말했다. 그저 알았다고 할 것 같았던 그는 내게 따져 물었다. 멋진 사람이라고 생각했는데 왜 그런 결정과 그런 말을 하느냐, 실망이라고 했다. 나는,

봤지, 우리 집 냉장고 새 거에 멀쩡해 보이

는 거. 그 속에는 뭐가 들었는지 나도 알 수가 없지만 그게 다 썩어 버렸다는 건 알고 있어. 그러니까 더 겁나서 못 열어 보는 거야. 그리고 그게 나야. 나는 원래 그런 사람이야. 원래 그래. 너만 몰랐던 거야.

말했다. 그는 그게 무슨 소리냐고, 원래, 라는 건 없다고 했다. 청소에 대해 이야기할 때 그는, 커다란 쓰레기 봉투를 가져다가 일주일 동안 청소만 하면서 아무것도 하지 말고, 버릴지 말지 고민도 하지 말고 다 담아 버리라고 했다.

밤새 그가 알려준 대로 청소를 하다, 냉장고 청소만의 이야기가 아니라 생각했다.

얼굴

우리는 언제나 푸른 얼굴로 만났다. 울상인 얼굴로 하던 말도 제대로 잇지 못하며 술을 들이켰다. 멀리 어딘가 따로 또 함께 방황하던 길의 중간 어느메에서 만나자고 했다. 나는 겨우 나, 겨우 내가, 하는 우울한 가사를 읊조리며 지하철을 탔다. 지하철 계단을 오르며 언젠가의 붉은 얼굴의 너를, 그리고 그런 나를 만날 수 있다면 좋겠다고 생각했다. 설레는, 좋은 소식을 서로 전하던 우리 말이다.

속마음

수면 유도제 없이는, 아침이 되기 전에는 잠들기 어렵다. 잠들기 위해 노력하는 그 긴 시간 동안은 날카로운 기억들이 이곳저곳을 벤다. 나를 떠나가 버린 사람들. 진짜로 떠나갔구나, 싶은 눈에 보이는 신호들. 조금은 쪼잔해 보이는 신호들. 그 시간에 내 가까운 사람들을 챙기자고 생각을 바꾸어 봐도 나는 이미 홀로 너무 멀리 떠나와 있다. 답이 오지 않는 메시지에 또 풀이 죽는다. 사람 가득한 이 도시에 내가 아는 이름은 없다. 일면식이 있는 사람은 늘어나지만, 일면식, 그게 전부다. 들어줄 사람은 없다. 어제는 괜찮은 척할 수가 없어 약속에 나가지 않았다. 오늘 낮이 밝으면 또 나가서 밝은 얼굴을 해야한다.

춥다. 추운 서울이다.

미운

그녀는 내가 기댈 수도 없을 만큼, 자신보다 내가 더 위태위태해서 밉다고 했다. 내게 기대도 된다고, 하고 싶은 어려운 말들을 해도 된다고, 나에게는 그래도 된다고, 말할 수가 없었다. 내 자신도 내가 미운데 그래서 또 누군가에게 미운 사람이 된다. 그녀를 만나면 좋은 얘기를 하며 커피를 마실 것도, 붙잡고 하소연하며 술을 마실 것도 아니라 그저 붙잡고 엉엉 울고 싶다. 아마 그러면 그녀도 엉엉 울 것이다. 그러면 좀 나아질까 생각하며 꾸역꾸역 쓰고 짠 물만 삼킨다.

어두운

때로 그녀가 마주했을 그 어두운 방을 상상해본다. 숨이 붙어있지 않은 사물들, 그 사이에 홀로 숨이 붙은 자신을 비추고 그녀는 엉엉 울었을 테다. 시간도 공간도 의미 없는 작은 방에서 그녀는 오롯이 혼자였을 것이며, 그 짧은 두 음절의 단어가 참을 수 없을 만큼 그녀를 푹, 푹, 찔러댔을 것이다. 어제, 오늘, 내일과 같은 단어들은 빙하와 같았을 것이며, 너, 나, 우리와 같은 단어들은 달군 쇳덩이 같았을 것이다. 그녀는 어두운 방에서 보이지 않는 잡을 수도 없는 고통과 한기와 뜨거움을 피하려 몸부림쳤을 테다.

결국 함께 마시지 못한 그 술 한 잔을 가져다 놓고, 종교도 없지만 나는 그녀를 위해 기도를 하리라 생각했다.

노래

어느 밤 술집에서 술을 마시다 문득, 십여 년 전 그가 부른 노래가 들려왔다. 이내 그 곡의 제목을 떠올리곤 술에 취해 집에 돌아오는 길에 이어폰을 꽂고 다시 들어보았다. 그는 그 곡에서 "부탁이에요. 행복한 모습만 보여 줘요."라는 부분을 불렀다.

사실 나는 그가 그 노래 가사처럼 쭉 행복한 모습만 보여주길 바랐다. 물론 그도 내가 듣고 볼 수 있는 한 행복한 모습을 보여주긴 했다. 그 자리 그대로였다면 부와 명예 같은 것들을 얻었겠지만, 그는 그건 자신이 아니라며 있던 자릴 떠나 자신을 지키며 원하는 일을 했다. 그 소식을 들으며 나는 그가 정말로 행복할 거라 생각했다.

어느 봄 그는 영영 떠났다. 스스로.

몇 해 전의 나였더라면 여전히 그 가사처럼 내가 사랑하는 이들에게 행복한 모습만 보여 달라 말했을 테다. 하지만 그런 모습만을 보이는 것이 얼마나 힘든지 이제는 안다. 나는 네가, 그러니까 내가 사랑하는 이들이 내게는 차라리 힘든 모습만 보였으면 좋겠다. 그 모습을 보는 내가 오히려 힘들어지더라도 내게 애써 행복한 모습을 보이려 하지 않았으면한다. 우리는 모두 행복하지만은 않음을 알고 있으니까.

사라지다

누군가 내게 가장 슬픈 일이 무엇이냐 묻는다면, 무언가 사라지는 거라 답할 것이다. 사람들이, 기억들이, 사랑하던 공간들이 사라지는 일. 그게 어쩌면 나를 얼어붙게도, 움직이게도 하는 이유일 테다.

이야기

설레는 일이 있으면 좋겠다. 잠들기 전 술에 취하지 않고 따뜻한 마음으로 떠올릴 사람이 있으면 좋겠다. 그렇다면 나는 더는 우리에게 울상으로 이야길 하지 않아도 될까. 검은 진흙 밭에도 흰 눈이 쌓이면 우리는 희다 말할 테니까. 그러고 보면 이제는 영영 그럴 수 없는 사람이 되어 버린 건 아닐까 생각한다. 내게 검은 재와 아주 작은 토막이 남았으나 그 작은 토막마저 스스로 부수어 버린 건 아닐까, 그런 생각을 한다.

길을 잃다

영화 <립반윙클의 부인> 주인공 나나미는 삶의 바닥에서 하염없이 길을 걷는다. 그리고 어딘가 전화를 걸어서는 울며 "제가 어디 있는지 몰라서요. 저는 어디로 가야 될까요?"라고 묻는다. 김연우도 <이별 택시>에서 '어디로 가야 하죠 아저씨 달리면 어디가 나오죠' 노래한다. 소설 <오발탄>에서도 자신이 어디로 쏘아진 총알인지 알 수 없다며 이를 뽑고 택시에 오른다. 어디로 가야 할지 모른 채.

삶의 막다른 길 끝에서 도통 어딜 향해야 하는지 알 수가 없다. 빠른 걸음으로 제 갈 길을 가는 사람을 붙잡고 "나는 어디로 가야 하죠?" 묻고 싶다.

싫다

살아있다는 사실에 살아있어야 한다는 사실에 구토가 올라온다. 눈은 여전히 초점이 맞지 않고 손은 덜덜 떨리며 머리는 담배 연기로 가득찬 듯 하다. 첫번째 경추부터 어깨와 마지막 요추까지 지릿한 근육통이 있다.

지난 밤엔 친구를 붙잡아 술을 마시며 신세한탄을 하다가도 깔깔 웃기도 하는 시간을 보냈다. 다음날 정신을 차리고 눈을 떴을 때, 그 밝은 하얀 방을 견딜 수가 없다. 혼자 눈을 뜨게 되는 일도 초점이 맞지 않는 눈과 근육통도 약속된 시간이 다가오는 것도 괴롭다. 누워 있지만 이미 또렷한 정신으로 그저 시간을 잡아먹는다. 혹시나 조금 더 누워있으면 나아질까 생각했지만 그럴 리는 없다. 빠르게 지나가 버리는 시간에 더욱 괴로워질 뿐이다.

그럴 때일 수록 배가 고프다는 게 밥을 먹을 시간을 내어 컴퓨터 앞을 떠나야 한다는 게 불안하다. 어째서 밥을 먹어야 하고 잠을 자고, 그 별것 아니지만 다들 하는 일을 제대로 하지도 못하면서 또 그 시간을 내어야만 하는 건지. 밥을 꾸역꾸역 떠 넘겨야 하는 게 괴롭다.

카드로 부대찌개 값 육천 원을 긁고 이천 원 짜리 아메리카노에 오백 원을 더 주고 에스프레소 샷을 추가해 긁으면, 그 모든 것이 데이터로 변환되고 그렇게 청구될 금액이 또 생긴다. 그걸 갚아내려 컴퓨터 앞에 앉아 근육통을 참고 눈의 초점을 맞추려 노력해야 한다는 게 억울하다. 왜 밥을 먹고 잠을 자고 숨을 쉬어야 하는지.

내게는 원하는 것이 없다. 내일의 계획은 물론, 꿈이나 야망 같은 건 당연히 없다. 오늘을 무사히 살아낼 수 있을까, 하는 생각과 동시에 이럴 바에 차라리 밥을 먹지 않고 잠을 안 자도 될 수 있게 모든 걸 그만두는 편이 낫지 않을까 한다. 나를 모르지만 나를 아는 체 하며 그동안 힘드셨죠, 할 사람들에 나는 또 무슨 말을 해야 할지 두렵다. "힘내세요." 듣는 말도, "아녜요, 괜찮아요." 하는 말도 진저리 난다.

정신과 병원에 가서 무표정하게 컴퓨터에만 시선을 둔 의사에게 나는 어떻습니다, 라고 나를 객관적으로 정리해서 말할 자신이 없다. 매일 꼬박꼬박 밥을 삼키고 약 몇 알을 집어삼킬 자신도 없다. 병원비와 상담비와 약 값을 카드로 긁고 마이너스가 붙은 데이터마저 지워 내기 위해 또 일을 하고 돈을 벌어 올 자신도 없다.

내가 사라지지 않았으면 해서 외진 동네까지 찾아오는 이들도 꽃도 선물도 내게는 부담이다. 나는 그 대가로 그걸 또 보면서 삶을 견

디고 참아내야 하며 울지 않는 사람이여야 하고 오늘을 무사히 살아가야 하는 사람이여야 한다. 백반집 옆 테이블에서 함께 밥을 먹고 티비를 보며 깔깔 웃는 어느 가족이 밉다.

언젠가

번화가의 많은 사람들을 헤집고 다니며 많은 사람들과 이야길 나누다 보면 정말이지 혼자 있고 싶어진다. 그렇게 혼자임이 간절하지만 집에 돌아갈 무렵이면 또다시 두엇 불러 술이나 마실까 하는 생각이 든다.

요즘은 거의 매일을 멀리서부터 내부순환로를 타고 집으로 가는데, 택시 뒷자리 앉아 계속해서 이어지는 방음벽을 쳐다보고 있자면 '혼자'의 시간으로 급속도로 향하는 것만 같다. 도착해 택시에서 내려지면 역시나 덩그러니 혼자다. 가야 하는 골목길은 정해져 있지만 어쩐지 바로 들어가고 싶지 않은 기분이다. 혹여 그 시간에 누가 연락이 온다면 짜증이 날 것이면서도, 혼자임은 아직도 영 내키지가 않는다.

혼자의 시간은 따뜻한 적이 없었다. 쓸데없는 생각만 많아지고 캔맥주나 마시며 별 것 아닌 글이나 끄적일 뿐 더이상 할 일이 없다. 그토록 읽고 싶던 책, 그렇게 보고 싶던 영화에도 마음이 동하지 않는다. 마음 한 구석 쿡쿡대는 일들이 남아있긴 하지만 방구석을 쓸며 생각도 함께 싹싹 쓸어 버린다.

혼자의 밤에서 가장 좋은 일은 뜨거운 물로 샤워를 하고 그대로 싸늘한 공기를 맞고 담배를 한 대 태우는 일이 전부다. 여전히 애증의 마음으로 혼자인 밤을 멍하니 별 생각 없이 흘려 보낸다.

실망

지금껏 타인들의 기대에 부흥하기 위해 부단히 애를 썼다. 끼니를 거르고 잠을 좀 덜 자고 내가 돈을 좀 더 쓰면 되는 일이었다. 그게 나를 죽여 가고 있단 걸 안 건, 무거운 짐을 지고 길을 걷다 눈물이 뚝뚝 떨어지던 때였다. 그걸 그제서야 안 거다. 나를 살리려 조금 더 실망스러운 사람이 되기로 했다.

냉장고

비가 오는 새벽 택시 안에는 전람회의 <기억의 습작>이 흘러 나온다. 소리가 조금 작다 싶을 정도다. 전람회가 부른, 까지 떠올렸을 무렵 곡은 끝을 향해 간다.

생각이 나겠지 너무 커버린 내 미래의
그 꿈들 속으로 잊혀져 가는 나의 기억이
다시 생각날까 많은 날이 지나고

언제나와 같은 익숙한 이와의 술자리에선 아직 나누지 않았던 과거의 이야기도 현재의 이야기도 미래의 이야기도 오갔다. 과거의 것은 '이제는 그렇지 않지만'이라는 말로 시작되었으며 현재의 것은 '아직도', 그리고 미래의 것은 '언젠가'로 시작되었다.

작은 신음과 함께 주문한 마지막 술병부터 머리가 지끈거리기 시작해 잡아탄 택시였다. “생각이 나겠지”. 그래. 사실 오늘도 나는 그 이야길 들으며 떠난 이들을 떠올렸다. 하지만서도 이제는 정말이지 ‘너무 커 버린’ 현재와 생각하기도 힘든 미래만을 가지고 있다.

술자리도 만나는 사람도 너무 많이 변해 버렸다. 책이라는 글의 묶음을 어떻게 만들어야 할 지 고민하고 묻던 우리는 다리를 꼬고 저것도 별 얘기 아닌데, 하며 듣는다. 배운 바 없어도 보고 느낀 바로 다릴 꼬며 이야기 한다. “이제는” 말하며, 너무 커 버린 이 현재와 더 커버릴 지도 모르는 미래를 두고 이제는 설레지 않는다. 여전히 너와 나, 혹은 그와 그들은 그 자리에 그대로, 순수한 맘으로 멀뚱히 지금의 나를 바라본다. 그런 모든 것들이 무슨 의미가 있냐 술을 들이키던 커버린 현재의 나도 멀뚱히 바라본다.

슬픔

밤을 지새우고 밤새 마신 커피 때문에 몸만 축 쳐진, 우리의 말로는 '좀비' 상태가 되는 때가 자주 있다. 이 상태는 감정을 증폭시킨다.

알지 못하는 누군가의 상실로, 기대해 온 이와의 만남이 취소되었다. 미안하다는 그녀에게 기다리지 않았다고, 근처에 다른 일도 있었다고 거짓말을 했다. 이르게 집으로 향하는 길에는 자전거 도로를 킥보드로 기분 좋게 달렸다. 두어 달 출퇴근을 하던 길인데 이렇게 멋진 길이라는 생각을 그때는 한 번도 해 본 적이 없었다.

지하철에 올라 여느 때처럼 해시태그로 내가 쓰고 만든 책의 제목을 검색해 본다. 지난 밤 하얀 이불에서 책을 찍어다 올린 사람이 있었다. 어느 서점에 입고가 되었다는 소식에 벌떡 일어나 책을 사고, 김밥을 사다 먹으며 읽기 시작했다 한다. 가까운, 아픈 누군갈 이해하려고 했다 한다.

나는 그 사람이 책을 읽기 전 주욱 뜯었다는 김밥의 랩 비닐이 슬프게 느껴졌다. 이어폰에서는 괜히, 가사가 슬프지는 않지만, 기대했던 만남을 떠올리게 해 슬프게 들리우는 노래가 나와 더 슬퍼졌다. 마치 계단 같이 훌쩍이라기엔 너무 높지도 않게, 조금 더 쿡, 하고 숨이 막힐 정도만 슬퍼졌고, 이내 다음 계단의 슬픔에도 적응했다.

그의 게시물 아래에는 내가 쓴 글이 옮겨져 있었다. 나는 내가 아니라 과거의 나라는 사람이 쓴 글을 다시 보곤, 또 한 계단을 올랐다.

"오늘은 누군가를 만나야겠다는 생각을 했다. 나라는 사람을 온전히 이해하려 노력할 누군갈 말이다. 그냥, 다 이해해, 하며 머릴 쓰다듬어줄 수 있는 사람이 필요하다. 그게 누구든, 어떤 성별이든 상관없다. 오롯이 홀로 마주해 감당해야 하는 밤은 아직도 어색하기만 하다."

이 지하철의 끝에 내리면 따뜻한 노랑의 목소리를 가진 I의 노래를 듣게 될 것이다. I는 자신의 노래가 따뜻해서, 너무 따뜻해서 다른 이들에겐 위로가 되지만 오히려 그게 자신에게 아프고 힘들게 느껴질 때가 있다고 말한 적 있다. 그런 사람이 되어야 할 것만 같았다고, 이런 노랠 부른다면 분명 따듯한 사람일 것이라고, 위로를 주는 자신에게는 모두가 그것만을 바란다고 설명했다.

그녀의 이야길 들으며 끄덕였다. 내 우울의 언어화는 누군가에게 보여져 위로가 될 목적이 아니었다. 그저 살아내기 위함이었던 흔적들을 보고 사람들은 어떤 뭉클함과 위로 같은 것들을 느낀다고 했다. 나는 그 말에서 감사함을 느끼기도 했지만, 그것은 내게 여전히 오랜 증명사진처럼, 너는 이런 사람이었어, 하며 흉터 같은 것을 마주하게 만드는 말이었다.

하지만, 그럼에도, 그렇기 때문에, 어쩌면 I도 계속해서 따뜻함을 노래로 만들어 부를 수밖에 없었을 것이다. I가 만들어 낼 목소리와 기타 소리를 듣고 오늘은 일찍 잠들어야겠다.

의심

과연, 이라는 말은 아직도 많은 것들을 어렵게 만든다. 함께 걷던 사람은 내 얘길 듣고는 "아냐, 잘 하고 있어"라고 했다. 그 말을 듣고 싶었다.

함께

그 누구라도 보고 만나는 것에 지쳤다. 애써 괜찮아요, 하며 대충 웃고 궁금하지 않은 일들에 대해 묻고 듣는 모든 상황들에 질렸다. 약속을 거절하고 커피도 혼자, 술도 혼자 마셨다. 혼자임이 익숙하기도 했지만 솔직하게 말하면 타인에게 써야 하는 시간과 에너지가 아까웠다. 내가 어디서 무얼 하고 있는지 말하고 싶지도 않았고 그래서 누군가 한 발짝 가까이 오려 하면 굳게 빗장을 닫았다. 너는 사람을 좋아하잖니, 누군가 말한다면 그렇게 보이는 것뿐이라 답했을 것이다. 함께라는, 우리라는 말들은 의미가 없었다.

얼마 전 "우리가 친구잖아요." 라는 말을 들은 때였다. 그 말을 듣고서야 '우리'와 '함께'가 필요해졌다.

남겨 두다

짧막한 문장들로 생각과 추억을 기록해 남겨 두는 일에는 목적이 있었다. 내가 사라져도 나의 존재를 남길 흔적이 되길 바랐다. 사라져 버리고 싶었으나 사라지기 두려웠다.

3장

돌아오는 길에는 울 것만 같다.

지나간 자리

좋아하는 카페가 문을 닫는다고 한다. 몇 년 동안 드나들었지만 사장님과 처음 이야기를 나누게 되었는데, 내가 자주 오다가 한동안 안 왔던 것도 알고 계셨다. 최근에는 위층에 서점을 열고자 준비하고 계셨는데, 주변 지역이 개발되면서 카페 건물도 팔리게 되었다고 한다. 문을 닫지만 내일은 만든 책을 한 권 가져다 드리기로 했다. 그 카페가 없어지고 스타벅스가 생긴다면 꽤 슬퍼질 것 같다.

기념품

기념품을 고를 때면, 내게 소중한 사람들이 누구인지 깨닫게 된다. 작은 캐리어에 꼭꼭 눌러담을 수 있을 만큼만 사람들을 추린다. 좋은 것을 꼭 건넬 고마운 사람들, 곧 만나거나 생일처럼 특별한 일이 있는 사람들, 친하지는 않지만 그것을 받으면 기뻐할 사람들. 기억나는 사람들, 이것을 전했을 때 환히 웃을 사람들을 떠올리면, 그 사람들이 내게 얼마나 소중했는지 알게 된다.

노래

자전거를 타고 교토의 강가를 지나던 때, '여행하듯 산다'라는 흔한 말에 대해 처음으로 생각 했다. 여행하듯 살고 싶다, 관광하듯 살지 말고.

그 생각의 시작은 어느 창고 아저씨의 소리치는 목소리였다. 여행에선 낯선 언어로 된 그 말이 실제로는 "어이, 좀 더 실어." 같은 별거 아닌 말일지라도 신비롭게 하나의 장면 속에 녹아든다. 우리가 연속적이고 반복적인 삶에서도 비슷한 감정을 느낄 수 있다면 어떨까. 밥 먹으라 소리치는 엄마의 목소리에서도.

여행에서의 순간이 특별한 이유는 그것이 아마 처음이자 마지막으로 마주하는 장면일지도 몰라서 아닐까. 돌아보면 일상에서도 다

신 찾아오지 않을 순간이 많다. 영원할 것만 같던, 너희들과 춥고 작은 공간에서 과제를 하다 말고 모여 시답잖은 이야길 나누던 날들은 이제 더는 없을 테니까.

가족

존재만 하는 것이 무슨 의미냐 묻지만 가끔은 존재하는 것만으로도 의미가 있을 때가 있다.

단추

셔츠의 떨어진 두 번째 단추를 아직 달지 못했다. 잠구어 입질 못하니 손이 가질 않는다. 단추 하나일 뿐인데, 조금 신경 쓰면 될 일인데. 눈에 띌 때 마다 신경 쓰이지만, 그렇게 또 미루고 계속 입질 못하다 결국 기억에서 지워진다.

떨어진 단추 생각을 하다 보니 오래 못 만난 친구들이 떠올랐다. 요즘 어떻게 지내, 연락하고 일을 마친 뒤에 잠깐 저녁이나 맥주 한 잔 하면 될 것을 오래도록 그러질 못했다. 마치 단추를 달아야겠다는 생각처럼 안부를 물어봐야겠다 생각만 하면서 또 미루고 멀어지고 기억에서 지워진다.

친구

오늘 내게 연락 온 멀리 있는 친구들. 남들에겐 평범한 일인데 자신에게만 힘든 것 같다 말하던 친구들. 이제는 그 모두 건강 때문에 술도 거의 못 마시지만 언젠가처럼 둘러앉아 소주를 마시고 싶다. 김이 뿌옇게 서린 전 집에서 울고 웃던 기억이 점점 더 뿌옇게 변해간다. 한 번 더 그들과 그렇게 진탕 술을 마신다면. 그러면 돌아오는 길엔 울 것만 같다.

조급함

샛길의 계단을 따라 올라간 작은 서점에서 책을 골랐다. 김연수와 밀란 쿤데라의 책이 많이 꽂혀 있어 '이곳에선 어떤 책을 고르던 읽을만 하겠구나' 생각했다. 친구를 닮은 남자 손님은 "저도 언젠가 서점을 운영하고 싶어서요" 말했다. 고레에다 히로카즈 감독의 첫 작품인 <환상의 빛>의 원작 소설을 보물 찾기를 하듯 가장 아래 칸에서 찾았다. 서점 주인과 책 이야길 나누고, 서점의 흔들의자에 앉아 <환상의 빛>을 읽었다. 서점에서 나와서는 주인이 추천해준 골목 어귀에 있는 작은 식당에서 식당 주인과 이야기를 나누며 밥을 먹었다. 열고 싶을 때 열고 재료가 떨어지면 문을 닫는다고, 큰 길에서 많은 사람들이 오는 식당을 하고 싶지 않았다고 했다. 한 그릇을 전부 비운 다음, 따뜻한 커피를 한 잔 얻어 겨울이 오는 낯설지만 따뜻한 골목을 걸었다. 길을 조금 돌아가든 버스가 눈 앞에서 지나가든 상관 없었다. 조급함이라곤 누구에게도 없는 멋진 하루였다.

영화

어떤 영화를 볼 때면 항상 생각나는 사람들이 있다. 처음엔 그게 하나였는데 셋으로 불어났다. 대개 영화를 혼자 보지만 어떤 씬에서는 앗, 하며 내 옆에 그 사람들이 있으면 좋겠다고 생각한다. 고즈넉한 길을 걸으며 그 씬에 대해 이야기 할 수 있으면 좋겠다. 맥주를 한 잔 씩 앞에 두고 함께 그 씬을 분해해 이리저리 관찰하면 좋겠다. 영화가 끝난 후 고즈넉과는 거리가 먼 시끌벅적한 팔 차선 길을 걸어 돌아오며 그 사람들을 떠올린다. 이 영화를 얼른 보라고 말해 줘야지, 보고 그 씬에 대해 함께 이야기 해야지. 늘 혼자 그렇게 생각만 한다.

궁금증

어느새 나는 눈에 힘을 주어 동그랗게 뜨고, 입은 조금 벌린 채로, 상체를 꽤 앞으로 기울이고 있었다. 상대방에게서 흘러나오는 이야기에 최대한 집중하고 있는 모습이었다. 그렇게 눈을 동그랗게 뜨고 뚫어져라 쳐다보니, "더 궁금한 게 있는 것 같아요" 라고 상대는 말했다. 그제야 나는 상대에게 보일 내 꼴을 상상하곤 꽤 머쓱해져, "아, 그런 건 아니에요" 답했다. 그러고 보면 상대방은 과도하게 이야기를 상세히 했던 것 같기도 하다. 잠깐의 침묵이 흐른후, 사실은 더 궁금한 게 있어서였던 것 같다고 생각 했다. 이해하지 못해서 궁금했던 게 아니라 그 사람이 더 넓고 깊게 궁금했다.

말

슬픈 말:

“제가 사람 얼굴을 정말 잘 외우거든요. 우리 카페에 한 번이라도 왔으면 다 기억하곤 했거든요. 그런데 언젠가부터 몇 번 왔다고 해도 기억을 전혀 못하는거예요. 그래서 왜일까 생각해 봤더니, 제가 손님 얼굴을 이젠 안 보더라구요. 예전엔 하나하나 다 봤는데 이제는 포스기만 보고. 지쳤나 봐요.”

“그만둘까 봐요. 가족이 힘들어 하는데 나 좋자고 하는 일이라면 내가 이기적인 거니까.”

기쁜 말:

"회사 그만두려구요. 저도 제 작업을 할 시간을 가지려구요. 나중에 같이 작업할 수 있으면 좋겠어요."

"고마워요. 많이 울었어요. 제 이야기라고 느껴져서요. 그런데 저는 그래서 더 나아졌어요. 혼자가 아니구나."

"축하해. 기쁘다."

딸꾹질

선배는 술을 마시다 딸꾹질을 시작했다. 나는 그 모습이 웃겨 깔깔 웃었다. “야, 지금 생각보다 심각해”라는 말에 나는 포털 사이트에 ‘딸꾹질 멈추는 방법’을 검색했다. 나는 나와 있는 '혀를 잡아당겨 보세요', '물을 마시세요', 하는 방법들을 여덟 가지쯤 읊었고 선배는 그것을 하나씩 따라했다. 하지만 여전히 딸꾹질은 멈추지 않았고 그는 울상 지었다. 나는 계속 깔깔 웃었다.

남은 술을 다 마시고 나왔으나 선배는 여전히 딸꾹질을 했다. 길가에 앉아 그는, “이건 정말 심각해, 쭉 이렇게 멈추지 않으면 어떡해?” 울먹였다. 나는, “그건 그냥 횡경막이 잠깐 잘못 움직이고 있는 거예요” 하며 별것 아니라고 했지만 그는 여전히 울상이었다. 어찌

할 바를 몰랐으며 어찌할 생각조차 없어 보였다.

아이스크림이나 먹자며 들어간 24시간 패스트푸드점에서, 조금 진정이 된 그는 자신이 딸꾹질을 경험해 본 적이 별로 없기 때문에 멈출 거라는 걸 몰랐다고 했다. 멈추지 않을거라 불안했다고 덧붙였고 그 불안에 대해 주절주절 말했다. 나는 술에 취해 그런 거려니 생각하며, “그런 게 어디 있어요, 그냥 딸꾹질인데.” 말했다.

몇 주 전, 우리는 같은 술집에서 술을 마셨다. 그 날엔 내가 공황 장애로 심장이 아프다며 과호흡이라니, 공황 상태가 얼마나 무서운 건지 아냐느니 하는 이야기를 주절주절 했다. 그는 "술을 좀 마시면 낫지 않을까" 했다. 마치 내가 그의 딸꾹질에 반응했던 것처럼 말이다. 그날 나는 결국 응급실이라도 찾아달라고, 심각하다 말했다.

언젠가의 나는 상실 혹은 이별의 아픔이 영원할 거라 생각했다. "나중에 생각해보면 별일 아니야", "시간이 지나면 나아질거야"라는 연장자들의 말에 '그걸 네가 어떻게 알아. 나는 이렇게 힘든데.' 라고 생각했다.

타인의 불안과 아픔은 생각보다 공감하기 어렵다. 어쩌면 그가 딸꾹질에 느낀 불안이 내가 공황 발작에 가진 불안보다 컸을지도 모른다. 나의 이별이 누군가의 영원한 상실보다 컸을지도 모른다.

그럼에도 우리는 타인의 작은 불안과 아픔에 항상, 나도 겪어 봤는데 그 정도는 별거 아냐, 곧 나을거야, 괜찮아 질거야, 하며 웃어 보였다.

쌀국수

오늘도 비가 오고 있었다. 불투명한 창 밖으로 무언가 덩어리째 떨어지길래 눈은 아니더라도 진눈깨비 정도이길 바랐는데.

지하철을 타고 가는 길 내내 아무도 보고 싶지 않다고 생각했다. 보고 싶지 않지만 봐야 하는 사람들을 하나하나 떠올렸다. 하고 싶은 일들도 많은데 해야 하는 일이 더 많고, 보고 싶은 사람들도 많은데 보고 싶지 않은 사람들을 먼저 봐야 한다. 지하철에서 내려 개찰구로 향하면서 날씨는 감정에 영향을 미치지 않는다는 연구 결과를 떠올렸지만, 최소한 나에게는 큰 영향을 끼친다고 생각했다.

약속 장소에서 짧은 대화를 나눈 후, 혼자 일을 하고 싶다고 다시 비가 오는 길로 나왔다. 대충 동쪽으로 걷다 점심을 먹지 않은 걸 기억해 내 쌀국수 집에 들어왔다. 주인이 내어 준 미지근한 차에 실망하며 가지고 있던 책을 펼쳤다. 누군가 행복이 뭐냐고 물었다는 대목이 나왔다.

이내 쌀국수가 나왔고 그 찰나에 문자도 하나 왔다. 당장 파일을 보내라고 했다. 노트북을 꺼내다 말고 돈 몇 푼에 내가 뭘 하고 있나 싶었다. 비즈니스를 위해서, 신용을 위해서 어떻게든 해야 한다는 누군가들의 말을 떠올렸지만, 금방 읽던 대목으로 그 생각을 덮어버리고 노트북을 집어 넣고 쌀국수를 먹었다.

부주의

말의 부주의는 종종 인간관계에 꽤 큰 재해로 이어졌다. 간혹 너도 나도 대단한 사람인 양 보이려 할 때, 나도 그 사이에 끼고 싶어 작은 거짓말들을 이어붙였다. 그 작은 덩어리들이 모여 처음 하고자 했던 말의 형태 자체가 바뀌곤 했는데, 이 바뀐 형체의 역겨움에 몇몇 이들은 나를 떠나곤 했다.

비

비가 부슬부슬 내렸다. 카페 창가에 앉아 하나 둘 우산을 드는 사람들을 구경하며, 그녀는 "마치 둘이서 우산 속에 붙어 있으려고 우산을 쓰는 것 같아." 말했다. 이상하게 느껴질 정도로 한 우산 속에는 모두 둘씩 들어 있었다.

비를 맞으며 함께 비를 맞은 여러 사람들을 떠올렸다. 준비해 온 우산을 함께 쓰자 말하던 사람도 있었고, 조용히 비닐 우산을 사다 준 사람도 있었다. 우산을 쓰지 않고 함께 비를 맞아도 좋을 사람들이 있었다.

검은 자켓의 그녀는 비를 맞으며 노래를 불렀고 빗속에서 춤을 췄다. 비가 조금 더 많이 내리면 좋겠다고 생각했다.

맥주

내게 "맥주 한 잔 하자"라는 말은, "나는 네 이야기를 듣고 싶어" 혹은 "하고 싶은 말이 있어"라는 말과 같았다. 친구들은 항상 내게 작은 생맥주 집에서 만나자고 했다. 나는 그 맥주집으로 가는 길 내내 그들의 이야기를 들으며 무슨 말을 건네야 할까, 혹은 내 이야길 어떻게 꺼내야 할까 고민했다.

요즘 하는 일이 너무 힘들다던 이야기, 친구와 가족이 걱정된다던 이야기도 있었다. 가끔은 며칠 전 본 영화가 너무 좋았다던 이야기, 좋아하는 사람이 생겼다는 이야기도 있었다. 나는 어제 있었던 재미있는 이야기, 최근 겪은 가장 화가 나는 일에 대해 이야기했다. 그 앞에 놓인 맥주의 브랜드가 레드락이든 맥스든 상관은 없었다.

맥주는 그랬다. 소주처럼 너무 쓰지도 와인처럼 비싸지도 않았다. 그래서 이야기를 꺼낼 때 너무 솔직할 필요도 너무 꾸며낼 필요도 없었다. 솔직함이 조금 더 필요할 때는 소주를 솔직함의 비율에 맞게 섞었다. 맥주는 적당히 나를 지키며 적당히 하고 싶었던 말들을 털어내게 해주었다.

강남역

지하철 2호선을 탔다. 웬만하면 피하려 하지만 시간이 여의치 않아 타게 되었다. 2호선을 탈 때면 언제나 서울이 싫어졌다.

그해 처음 겪은 서울에서의 밤들이 떠올랐다. 왜인지 내게 그 기억들은 밤의 시간만 가득했다. 그때의 나는 종종 이 호선을 타고 강남역 혹은 홍대입구역에 내렸다. 그리고는 매일 오피스텔이라는 이름이 붙은 허접한 단칸방에 돌아와 서울이 싫다는 긴 일기를 써내려갔다.

강남역에 있는 토플 학원에 다녔다. 별다른 이유는 없었다. 이곳은 서울이고 뭐든 잘 가르쳐 준다니까, 다들 토익이든 토플이든 괜찮은 점수로 인증 되어 있으니까, 그게 전부였다. 강남역에 내리는 순간부터 학원까지 걸어가는 길 내내 모든 건물 외벽의 광고들이, 높은 토플 점수가 없는 인증되지 않은 나는 결여된 사람임을 알렸다.

사람이 가득 찬 밤의 강남역 거리에서 가야 할 길을 찾기는 어려웠지만, 뒤통수로 가득한 사람들의 흐름이 이곳이 길이라고, 이쪽으로 가면 학원이 나온다는 사실을 알려 주었다. 그때 출구로 가는 계단을 오르며 나는 앞사람의 뒤꿈치를 밟을까 노심초사하며 그의 뒤꿈치만 보고 걸었다. 느리고 규칙 없이 떼어지던 발걸음에 나는 앞사람의 발꿈치가 떼어지면 내 걸음을 떼었다. 때로 얼마나 더 가야 하는지 출구를 올려다보곤 했는데, 저 먼 위의 출구를 바라보면 걸음을 떼기가 망설여졌고, 무거운 마음을 안고 한참을 걸어야 출구에 다다를 수 있었다.

그 강남역 계단이 마치 내 삶 같았다. 어디

로 가는지 알 수 없었고 이곳이 올바른 길인지는 알 수 없지만 사람들이 걷기에 길이라 생각하고 따라갔다. 얼마나 더 올라가야 출구인지, 위를 바라볼 수도 없었다. 앞사람과 부딪힐까 뒷사람에 폐가 되지 않을까 걱정하며 조금 빠르지도 느리지도 못하게 속도에 맞춰 걸어 오를 뿐이었다.

그렇게 다 올라 빠져나온 출구 앞에는 한 칸짜리 책상 의자가 미어터지게 들어찬 강의실과 몇 분 간격으로 인쇄물을 내어주는 수업의 토플 학원이 있을 뿐이었다. 그 발꿈치들에 일주일 만에 신물 나 학원을 그만두었다.

때로 나는 그때 내가 그 강남역 계단을 조금 더 별생각 없이 오를 수 있었다면, 모르는 이들의 발꿈치를 바라보는 일에 익숙해졌더라면, 강남역 건물 외벽 광고들이 알려주는 사회의 필수 덕목을 갖추었더라면, 생각한다. 그랬더라면 지금 내가 조금 더 다른 사람들처럼 공무원 시험공부를, 대기업 입사 준비를, 대학원 입학 준비를 더 잘 하였을는지도 모르겠다고 생각했다.

그보다 훨씬 더 자주, 그 일에 익숙해지지 않아 다행이었다 생각한다.

첫만남

어느 슬픈 밤이었다.

나는 그에 대한 생각으로 가득 차, 벤치에 앉아 검은 하늘을 쳐다만 보고 있었다. 담배 한 까치를 다 피워 가던 무렵 벤치 뒤 건물에서 어린 여학생의 노래 소리가 들렸다. *'그대 오가는 그 길목에 숨어, 저만치 가는 뒷모습이라도 마음껏 보려고 한참을 서성인 나였음을'* 하는 가사였다.

어린 여학생의 목소리는 때로는 울먹임에, 때로는 헛기침에 노랠 새로 시작하기도 했다. 제멋대로 머릿속에 가득 찬 그에 대한 생각이 그 곡의 가사로 정리되었다.

어쩌면 그 울먹임과 기침에 노래가 때때로

멈추어 다행이라 생각했다. 나는 그 자리에 쭈그려 앉아 그 반복되는 노래를 들으며 담배를 두 까치 더 태웠다. 기억날 듯 기억나지 않는 노래의 제목을 찾고 싶었으나 휴대폰은 꺼졌다. 집으로 가는 길 내내 그 가사를 되뇌었다.

그로부터 며칠 뒤, 여전히 그에게 가진 불편한 생각으로 가득 찬 나는 어느 술집에서 김치찌개에 소주를 마시고 있었다. 맞은 편에 앉은 이는 자신의 친구들이 길바닥에서 술을 마시고 있다고, 박스를 좀 가져다 줄 수 있냐는 연락을 받았다고 했다. 우리는 소주를 한 병 다 비우고 그 자리로 향했다. 그 자리에는 얼굴만 아는 친구들과 낯선 하얀 얼굴이 하나 있었다.

두어 해 전 여자 친구가 생겼다며 내게 자랑하던 친구는 이번엔 그녀와 헤어졌다며 가장 독한 술을 들이켰다. 하얀 얼굴은 처음

보는 내게 좋아하던 친구에게 차였다는 이야길 했다. 어째서 나에게 이런 이야길 하는 거지, 하는 의아한 생각과 함께 조금 편안한 마음이 되어 나의 그 정리되지 않은 이야기도 했다. 우리는 새벽 늦게까지 그 박스 위에서 끝없이 술을 마시고 담배를 태우고 웃고 욕했다.

낯선 하얀 얼굴은 이내 익숙한 얼굴이 되었다. 그녀와는 벤치에 앉아 책을 읽기도 했고, 날씨가 좋은 날에는 사람들이 오가지 않는 콘크리트 구조물 위에서 햇볕을 쬐기도 했고, 별이 잘 보이는 밤에는 이불을 가져다 운동장에 깔고 별을 보기도 했다. 어느 여름 밤에는 좋아하는 소설의 문장들로 밤을 지새웠다. 나는 '오늘은 달이 예뻐요.' 말하는, 말해도 되는 그녀가 꽤 맘에 들었다.

어느 날 그녀는 익숙한 노래를 흥얼댔다. 나는 그 노래를 나도 안다고, 조성모의 <아시

나요>가 아니냐 물었다. 그녀는 꽤 오래된 노래인데 어떻게 아냐고 내게 물었고, 나는 담배를 세 까치 태우며 가사를 되뇌며 돌아간 날을 이야기했다. 그녀는 그 여학생이 분명 자신이었을 거라고 했다. 밴드부의 보컬이었던 자신이 연습하던 곡이었기 때문이라고 했다.

같은 마음으로 들었던 노래의 여학생은 그로부터 며칠 뒤 그 훌쩍이던 노래에 대해 우연히 만나 이야기 해주었고, 그 사실을 한참이 지나 서로가 알게 된 것이었다. 그녀와 나는 서로의 안부도 잘 묻지 않지만, 때로 침묵이 더 긴 통화를 했고, 때로는 서로에 관한 장문의 글을 써 보내기도, 내가 좋아하니 너도 좋아할 거야, 라는 생각으로 영화를 소설을 시를 공유하곤 했다.

딸꾹질

40대 중반의 그는 전경 시절의 광주에 대해 이야기했고, 30대 중반의 그는 그때 "바로 그 앞 중학교에 다녔어요"라고 말했다. 40대 중반의 그와 30대 중반의 그가 무라카미 하루키의 신작에 대해 이야기하다, “그 책 재미있나요”라는 나의 질문에, “하루키는 그냥 하루키야.” 하는 대화를 나눴다. 그중 누군가가, <1Q84>가 마지막으로 가장 좋았었어, 말했고 나머지는 동의했다. 나의, “1Q84가 나올 때 난 고등학생이었어요.’ 라는 말에 모두들 말을 잇지 못했다. 그 책을 읽으며 그 후로 몇 년이 지나, 어른이 되어 이렇게 오후 내내 서점에 무료하게 앉아 그 책을 이야기 하게 될 줄은 상상도 못했다.

우리는 오후 내내 서점에 앉아 있었지만 손

님이 한 명도 오지 않았다. 책을 사는 사람도, 사려는 사람도 아무도 없었기 때문에, 우리가 좋아하는 책을 추천하며 영업 같은 걸 해 볼 사람도 없었다. 그저 우리끼리 둘러 앉아 신작들을 이야기하고, 새로 쓸 책의 목차 따위를 떠들어댔다. 나는 중간중간 담배를 두어 대씩 피우며 인쇄소와 책 겉표지에 코팅이 들어가야 하냐, 백색모조냐 랑데뷰냐, 내지는 백색이냐 미색이냐, 하는 이야기를 전화로 몇 차례고 나눴다.

우리는 열 살 씩의 터울이 있었지만 그저 친구였으며, 반 정도씩 반말을 섞어 썼다. 아직 그냥 말을 놓으세요, 말을 놓자 그냥, 이라고 하기에는 덜 가까운 사람들이었지만, 한동안 매일 만나는 사람들이었다. 서점에 무료하게 앉아있거나 문을 걸어 잠그고 길을 걷고는 했다.

그림을 그리는 40대 중반의 그는 책을 읽

는 걸 좋아하지 않는다. 그러면 왜 서점 같은 걸 하고 있냐 묻자 그는, "나는 책을 쓰고 읽는 사람들이 좋아" 답했다. 디자인 같은 걸 주로 하는 나는, "글을 쓰는 건 싫어하는 편인데, 사람들의 이야기를 글로 써서 더 멋지게 전하는 게 좋아요" 말했다. 30대 중반은 우리 둘의 이야길 듣고, "맞아" 끄덕였다.

30대 중반은 글을 쓰는 일에서 자신을 확인하고 원하는 바는 그것뿐이라 말했다. 나는 그가 공무원 시험 따위를 보지 않았으면 좋겠다고, 그러지 않고 이 동네로 이사를 와 쭉 이렇게 계속 글을 쓰고 서점에서 함께할 수 있으면 좋겠다고 생각했다.

40대 중반은 늦은 점심으로 우리에게 쌀국수를 샀으나, 우리는 그걸 얻어먹기에 마음이 영 불편했다. 나는 천 원 짜리를 털어다 나머지 잔돈으로 냈다. 책 한 권을 팔아다 우리는 각각 삼천 원 남짓, 커피 한 잔 사 마실 돈이 생기는 이치였지만, 서로 커피를 사겠다 말했다. 커피를 산 30대 중반은 "이제 잔고가 8천 원 남았네요. 그래도 별 생각 없어요" 하며 허허 웃었다.

나는 조금 더 멋진 책을 만들어다 권당 둘에게 삼천원 씩을 쥐어주고 싶다고, 내 하찮은 카드빚도 삼천 원 정도를 미리 갚고 싶다 생각했다. 나는 그들의 담백하고 순수한 글과 그림도 사랑하지만, 그들의 긍정과 그들과의 시간을 더 사랑한다.

돌아온 집 앞 작은 맥주집에서는 이제는 술만 드리기가 뭐해요, 말했고, 나는 아, "저녁을 안 먹어서 괜찮아요, 감자 튀김 하나 주세요" 했다. 오천 원 짜리 감자 튀김이 가장 저렴한 안주였다. 술을 마시다 겨우 잔고를 얼마 채워다 담배 한 갑도 샀다. 갈색 봉투에 담긴 튀긴 감자를 집어 먹으며, 그리고 반바지에 손을 닦으며 새 책의 개요 같은 걸 쓰고 받아온 원고를 확인했다.

밤 늦게까지 작업을 하며 다짐했다.

한 권에 삼천 원 씩을 벌어다 줘야지, 열 권이고 백 권이고 팔아다, 다음 달 이맘 때에는 함께 쌀국수도 칼국수도 아닌 갈매기살이라도, 고기 같은 것을 구워다 먹을 수 있으면 좋겠다고 생각했다. 우리가 좋아하는 사람들을 더 불러서.

싸구려

어느 칼럼에 이런 표현이 있었다.

"사는게 지치는 날에는 광어 한 마리에 구천구백 원인 싸구려 횟집에서 맥주에 소주 말아 마시며……."

선을 보고 자신과 결혼하면 가정부를 '쏜다' 표현한 말에 저급하다는 생각과 동시에 그렇게 살수 있으면 좋겠다 설레 혼란스러웠다는 이야기였다.

아직 평생이라고 하기엔 성급하지만 적어도 오 년은 더 짜장면을 시켜 먹고 컵라면에 삼각 김밥을 먹고 종로에서 오천 원짜리 전에 막걸리를 마시는 편이 좋다 말할 것이다. 나는 항상 그런 사람이여 왔지만, 그와 함께 간간히 패밀리 레스토랑에서 스테이크를 썰고 비싼 돈을 주고 인도 음식 같은 새로운 음식을 먹곤 했다. 특별한 날이라서가 아니었다. 물론 삼천 원짜리 라면 한 그릇에 막걸리를 마시는 날이 더 많긴 했지만 말이다.

아마 그는 응당 그래야 한다고 생각했던 것 같다. 매일 함께 라면에 막걸리만 마실 수는 없다고, 종종 비싼 음식도 먹고 특별한 곳에도 가야 한다고. 그래서인지 라면만 먹는 날들이 이어지던 중에는 '돈이 없으니' 다음에 보자고 했다. 인도 음식은 꽤 맛있었지만, 스테이크와 파스타에 수제 맥주, 와인보다, 그와 매일 먹고 마시던 라면과 막걸리가 좋았고, 그때의 우리에겐 비쌌던 몇 만 원짜리 입장권보다 그냥 근처 물도 안 흐르는 개천을 걷는 게 좋았다.

함께 하는 사람이 중요하지, 하는 말이 아니었다. 나는 그게 정말 더 좋았다.

선물

때로 친구들은 내게 뜬금없는 선물을 주곤 했다. 이런 걸 왜 내게 주는 거야, 하면 그들은 언제나 "그냥 주고 싶어서" 말하고 씨익 웃었다. 내가 생각나서, 내가 좋아할 것 같아서, 내가 필요로 할 것 같아서, 라고들 했다. 그렇게 나는 그들의 선물을 책상 한 켠에 던져 놓고는 '아, 이렇게 또 살아야 하는 부담이 생겼구나, 또다시 추락하게 된다면 그들을 떠올리고 참고 삼켜야 하겠구나' 생각했다.

이미 꽤 지난 그녀의 우울, 혹은 그 이상일지도 모르는 이야기를 듣고 나는 그녀에게 아직 부치지 못한, 하지만 모아온 선물들을 지금이라도 보내기로 했다. 생각날 때마다 모아둔 선물과 책 몇 권, 그리고 그럼에도 버틸 수 밖에 없다, 버티기 위한 부담이 되길 바라며 선물을 보낸다 끝마친 편지를 보냈다. 내 침대 머리맡에 걸린 꽃이 오늘을 살아낼 부담이듯, 책상 위 놓인 책 몇 권이 당신이 오늘을 버텨낼 부담이길 바란다.

목소리

어느 밴드 보컬의 목소릴 들으면 종종 그 사람이 떠오른다. 오늘은 '그랬더라면' 하는 가사에서 그 사람이 떠올랐다.

어느 여름 밤, 캔 맥주를 하나씩 들고 한강변을 걸었다. 수풀이 꽤 무성했고 그리 덥지는 않던 걸로 기억한다. 나는 요즘 들어 그 밴드에 관심이 간다고 말했고, 그 사람은 어느 곡이 가장 좋으냐 물었다. 세 곡 정도를 꼽아보라 해서 제목이 떠오른 두 곡의 이름을 대고, 나머지 한 곡은 제목이 기억나지 않는다며 흥얼거리다, 아, 하며 함께, 제목을 말했다. 그 사람의 그 밴드의 가장 좋아하는 세 곡은 내가 그때까지는 들어보지 못한 곡들이었다.

얼마나 걸었나. 합정역 부근에서 시작해 망

원 한강 공원에 한참을 머물러 맥주를 더 마시고, 다시 합정으로 걸어갔다. 그동안 무슨 이야길 그리도 했는지 기억나지 않는다. 다만 지금도 어느 곡들을 들을 때면 그 곡들의 그 목소리를 들을 때면 그날 한강공원의 온도가 떠오른다.

그즈음 나는 스스로 만든 동굴에 웅크리고 앉아 고통스런 시간에 집중했고, 서서히 밖으로 나갈 준비가 되었다 느낄 무렵 그는 더 깊은 자신의 동굴 속으로 파고들었다. 그제서야, 한참이 지나 그의 모습이 눈에 들어올 즈음에야 나는 어쩌면 우리가 조금은, 아주 조금은 특별한 사이였던 걸지도 모른다 생각했다.

동굴에서 끄집어 내줄 힘은 없더라도 동굴에 한동안 함께 앉아 말이라도 대꾸해줄 수 있겠다, 그럴 수 있다면 좋겠다고 생각했다. 왜 그럴 수 없었는지는 아직 잘 모르겠다. 우리는 서로에게 잘못한 일이 없었다. 아니, 잘

못을 하고도 몰랐던 걸까.

그 밴드는 이렇게 노래했다.

"이런 날 안아줘 아무 말 말아줘 천 마디 말보다 기대 쉴 수 있는 어깨를 내게 줘."

넬(NELL), <부서진 입가에 머물다>

이름

어느 봄, 잔디밭에서 샌드위치를 먹으며 그녀는 '라벨론'이라는 것을 생각해냈다고 말했다.

어떤 사람에 대한 추억이나 기억 때문에 어느 사물이나 단어에 그 사람의 이름이 붙는 거라 말했다. 그녀에겐 가 본 적 없는 애리조나에 그 사람의 이름이 붙어 있었고, 내게는 귤에 그의 이름이 붙어 있던 것이었다. 애리조나와 귤에 대해 이야기를 하거나 듣게 되면 우리는 그 사람들의 이름을 떠올릴 수밖에 없게 되는 것이다.

그녀는 내게 "그런데 그 사람의 이름의 라벨은 떼어낼 수가 없어요. 닳을 수는 있겠지만요." 말했다. 내가 "그럼 평생 그렇게 살 수 밖에 없어? 그건 너무 잔인해." 되묻자 그녀는 "방법이 하나 있는데, 그 단어에 다른 사람의 라벨을 붙이는 거예요." 말했다.

밤늦게 집에 돌아오는 길에 어느 가게에서 익숙한 노래가 들렸다. 언니는 이 곡이 들릴 때마다 화를 냈다. 그 사람이 불렀던 노래라며 슬퍼하지도 않았고 그저 화를 냈다. 언니에겐 그 곡의 제목에 그 사람의 라벨이 붙어 있었을 것이다. 오늘 다시 들으니 가사가 어떻게 이런 생각을 할 수 있지, 싶을 정도로 아름다웠다. 그렇게 아름다운 가사의 곡인데 들을 수 없게 되었다니, 오히려 내가 슬퍼졌다.

아마도 그때의 언니와 그 사람은 그 아름다운 가사, 그러니까 '무려' 우리 함께 눈뜨는 아침, 이라는 가사를 들을 때마다 같은 설렘을 느꼈을 것이다. 그녀는 애리조나 이야길 들으며 설레었고, 나의 설렘은 하염없이 귤을 까먹으며 나눈 시간에 녹아있다.

라벨이란 긁어내려 노력할수록 흔적을 남기고, 지저분한 감정은 후회를 일으킨다. 그럼에도 그런 라벨을 우리는 계속해서 붙여 내고 또 그 위에 붙일 다른 이름을 가진 사람을 찾아간다.

목소리

그녀는 무대와는 전혀 어울리지 않는 생김새에 옷차림을 한 채였다.

홍대 길거리에서 만 원에 팔 것 같은 감색 원피스에 한여름과는 어울리지 않는 베이지색 가디건을 걸친 그녀는 더 어울리지 않게 쥐색에 형광 주홍색 끈을 가진 러닝화에 금테 안경을 꼈고, 심지어 분홍색 담요를 덮었다. 또, 조금 긴 똑 단발이라, 홍대 공연장 보다 어느 대학 도서관에나 있을 법한 차림새였다. 나는 '저런 사람이 여기서 공연을 한다고' 조금 의아하게 느꼈다.

그녀는 자신의 빨간 기타 케이스를 열고 황색기타를 꺼냈다. 이내 아, 아, 마이크 테스트를 하더니 기타를 띠리링 두어 번 쳤다. 그리고 저는 누구입니다, 짧게 소개를 하고 노래를 시작했다.

그녀가 노래를 시작하기 전 반복하는 기타 루프가 매력적이었다. 그녀는 그 곡 내내 기타 줄을 순서대로 자신의 통통한 오른 손으로 튕기곤 했는데, 나는 그 순서와 손과 멜로디를 유심히 관찰했다.

그녀의 목소리는 포물선처럼 나타나고 그 포물선의 꼭대기는 가운데보다 조금 앞이었다. 나는 그 포물선의 뒷부분들이 너무나 매력적이라 사실 그녀의 가사에는 큰 관심을 둘 수 없었다. 자신이 덮고 있던 분홍색 담요와 같은 목소리였다. 그녀는 매 곡마다 이 곡을 만든 이유, 제목을 짓게 된 사연을 소개했으나, 나는 그저 그녀의 목소리가 뜻밖이고 매력적이라 그 목소리에 귀 기울이는 일에 바빴다.

그녀는 기타 코드를 집는 데에 조금의 시간

이 걸렸다. 특히 F코드를 집을 때면 항상 기타 줄을 긋는 소리와 함께 조금 더 많은 시간이 지체되었는데, 그 소리와 그 시간 마저 오롯이 그녀의 노래이며 공연이라 생각했다. 가끔 틀릴 때면, "제가 기타를 잘 못 쳐서요"라며 미소를 지었고 나도 그녀를 따라 미소를 지을 수 밖에 없었다. 그녀는 사실 2인 밴드의 보컬이었지만 오늘은 혼자의 이름으로 온 것이라 했다.

그녀는 겨우 세 곡을 부르고, 제 시간이 다 되었네요, 하고 내려갔으나, 나는 그녀의 목소리를 조금 더 오래 듣고 싶었다. 그녀의 목소리의 형태와, 기타줄을 뜯는 순서를 되뇌었다.

월곡동

기사 식당 이모가 계란 후라이를 함께 내어 주셨다. 그 계란 후라이의 반숙의 정도가 완벽해서, 언젠가 이곳에서 나를 살게한 낯선 이들의 따스함이 하나하나 떠올랐다.

모두에게서 도망쳐 혼자 밤을 살던 때였다. 점심이 지나 잠들고 밤 열 시쯤에나 깨어나면서도 밥은 집에서 해 먹을 생각이 없었기에, 대부분 집 근처의 24시간 김밥집에서 끼니를 때웠다. 식당에서 모르는 다른 이들과 밥을 먹을 맘도 없었기 때문에 대부분 포장을 해 집으로 돌아오곤 했다.

어느 밤, 그렇게 집으로 돌아오는 길에 들린 검은 봉투는 단단히 묶여 있었다. 겨우 오 분 걸리는 집까지라도, 밖이 춥다고, 음식이

식는다고, 식은 음식을 먹지 말라고 꼭 매어 주신 봉투였다. 나는 그 매어 주신 봉투가 너무나 고마워서, 나같은 사람에게 이런 호의를 베푸는 사람이 있다는 일이 고마워서 아직도 그 매인 검은 봉투를 찍어둔 사진을 간간히 열어 보곤 한다.

그 후로 책을 만들게 되면서는 항상 동네 카페에 가곤 했다. 맛있는 커피에 가격도 저렴해서 오래 앉아 있기 죄송해 몇 잔씩 커피를 종류별로 마시곤 했다. 그렇게 나는 오후 내내, 때로는 밤까지 작업실처럼 그 카페에 앉아 있곤 했다. 그때에도 여전히 끼니를 제대로 챙기지 못해, 대부분의 주식은 그 카페에서 파는 작은 포켓 샌드위치였다. 카페의 주인은 때로는 닭가슴살 샌드위치가 없다고 미안해 하기도 했지만, 때로는 "우리 카페 샌드위치 먹지 말고 다른 데서 제대로 된 밥 먹어요." 말했다. 그러면 나는 다른 곳 밥보다 여기 샌드위치가 훨씬 맛있어요, 답했다. 끼니 걱정뿐만 아니라

꼴이 안 좋아 보일 때에는 잠 걱정도 해주셨고, 작업이 막힐 때 자주 피우는 담배를 조금이라도 줄이라 말해 주셨다.

'누군가 나를 걱정해 주는 사람이 있구나, 조금 발 붙일 곳이 생겼구나' 생각했다. 도대체 무슨 일을 그렇게까지 열심히 하느냐, 나중에서야 물어본 주인에겐 그보다 더 나중에서야 그곳에서 만들어낸 책들을 가지고 갔다. 제가 이런 걸 여기서 만들고 있었는데 "별 책 아니에요" 하며 쑥쓰럽게 내어 놓았다. 겨우 그 정도가 내가 할 수 있는 고마움의 최대 표현이었다.

늦은 새벽, 아무리 노력해도 잠을 잘 수 없을 때에는 집 앞 편의점에 자주 들려 막걸리에 컵라면을 샀다. 새벽의 편의점은 언젠가부터 반팔 피케 셔츠를 깔끔히 입은 노년의 아르바이트 점원이 지켰다.

맥주를 산 어느 하루는 그가, "새벽에 술을 자주 드시나 봐요" 물었다. 나는 "잠이 잘 안 와서요" 답하고 혼자 동이 트는 편의점 벤치에서 안주도 하나 없이 맥주 두 캔을 마셨다. 그는 가게에서 파는 쥐포를 가지고 나와 내어주며 안주도 없이 술을 마시면 몸을 더 버린다고 말했다. 나는 그 쥐포가 괜시리 미안해 집에 가서 술을 마실걸 그랬나 후회했다. 얼마 지나지 않아 두번째 맥주를 마실 때 그는 나와 내게 힘든 일이 있냐 물었다. 그저 "아니에요" 답했다.

카페와 편의점 근처 골목의 쌈밥 집 이모와는 여름의 밝은 저녁 식당에서, 문을 열어두고 선선한 바람을 맞으며, 나란히 앉아 드라마를 보기도 했다. 텔레비전을 평소엔 전혀 안 보지만 그렇게 등장 인물과 스토리에 대해 이야길 듣는 그 시간들이 좋았다. 동네에서 작은 식당을 연 젊은 사장님과는 만든 책이 인쇄되어 도착했을 때 함께 구경을 하기도, 내가 지갑을 잃어버렸을 때 스스럼 없이 돈을 빌려 주기도 했다.

내 첫 서울의 이미지는 홍대의 밤을 헤매는 젊은이들과, 초점없이 어디론가 우르르 향하는 사당의 직장인들과, 강의를 듣기보다는 강의를 노트북에 옮기고 있는 명문대생들과, 완벽하지 않은 얼굴과 몸매로는 살아가기 힘들다고 외치는 압구정 역의 광고들, 멍하니 앉아 있던 강남역의 토플 학원이 전부였다. 아무래도 서울엔 살고 싶지 않다고 생각했었다.

하지만 이 동네는 늦은 새벽에도 기꺼이 메뉴에도 없는 계란 후라이를 내어 주는, 그런 사람들이 모인 '동네'였다. 내가 지내온 '리'의 사람들보다 더 정이 많은 사람들이 있었다. 오래되고 작은 이 동네에 맘과 발을 붙일 수 있을 거라 생각했다.

"이건 충동도 멋도 아니었어. 기억 상실증으로 몸에 사건의 단서들을 새기는 영화 <메멘토> 있잖아. 그런 거였어. 그 영화 참 재밌는데, 혹시 봤니?

여하튼, 나도 무언갈 항상 잊어서 그게 나를 계속 힘들게 만들었거든. 너는 평생을 지고 갈 만큼의 메시지가 있어야 한다, 충동적이지 않아야 한다, 말했지만 그런 건 아니었어. 이렇게 구구절절 설명하는 것도 오늘처럼 술 깨나 마시고 할 수 있는 거니까.

그러니까 여기 발목 부근에 날고 있는 건, 다들 묻는 것처럼 독수리가 아니라 부엉이야. 사실 내가 하고 싶었던 말은 따로 있으니까 무슨 새든 중요하지 않았는데, 기왕이면 날개가 큰 새면 좋겠다 싶었어. 근데 독수리는 너무 세 보이고. 부엉이는 지혜의 상징이기도 하잖아.

언젠가 내가 아무것도 못 하고 멍청하게 괴로운 시간만 보낼 때, 내가 쭈뼛쭈뼛 찾아간 교수님께서 가만히 들으시다가 딱 하나 물어보셨어. 저기 창에 적혀있는 한자의 뜻이 무엇인지 아냐고. 나는 그걸 몇 자 읽어내고도 무슨 뜻인지 갸우뚱 했어. 교수님께서는 '무엇이 너를 잡아 놓았느냐'라는 뜻이라고 하시더라고. 교수님이 나같은 시간을 보낼 때 교수님의 교수님이 말해주셨대.

그때는 내가 너무 힘들어서, 나를 그렇게 껌딱지처럼 그 자리 그 바닥에 더럽게 붙어 있게 만든게, 어떤 특정한 사람 때문이라고 생각했어. 그때 나한테는 그 사람에 대한 증오 같은 게 전부였어. 매일 원망하고 욕했지. 그런데 그렇게 며칠을 생각해 보니까 결국은 내가 그 사람에게 잘 보이려 한 것, 다른 친구들보다 잘 해야 한다는 것, 이런 집착들 때문이었더라고.

그러고 보면 그 전까지 나는 한번도 내가 원하는 게 뭔지 생각해 본 적이 없었어. 나는 특출나게 못하는 것도 없었지만 그걸 왜 해야 하는지 왜, 무엇을 하고 싶은지도 몰랐어. 누구도 내게 이유를 찾을 시간을 준 적이 없었거든. 나마저도.

칭찬을 받고 칭찬이 계속 되니까 나는 칭찬받을 짓만 하고 그래야만 한다고 생각했어. 나를 알건 모르건 모두에게 멋지고 좋은 사람이라 모두가 나를 좋아해야 했고, 그렇게 기대를 받고 기대에 부응해야 하고, 나는 이미 여기까지 온 사람이니까 그 정도 사람이 되어야만 하는, 그런 집착이 있었어.

어떻게 보면 내 스스로가 나를 그렇게 생각

한 것도 자만 같은 거였지. 근데 내가 한번도 실패를 안하다가 한 번 실패하잖아? 그렇게 내가 사실은 그들이 가진 기대보다 대단하거나 좋은 사람이 아니란 걸 들키잖아? 그러면 다들 돌아서서 더이상 기대를 안 하더라고. 나라는 사람에 관심도 없어지고 말야.

빛나는 내가 아니면 보이지도 않을 거라고 생각했어. 그런 사람들이 곁에 많이 모였었는데 결국 그냥, 내가 대충 반짝거리니까 모인 거라고. 이전의 나는 조금이라도 더 반짝거리려고 온갖 애를 쓰고. 이젠 그럴 힘도 없어 꺼져 버렸고. 물론 내가 어떤 사람이던 얼마나 찌질하던 나라는 사람을 좋아해 주는 사람들만 남았으니 이것도 좋지 않아?

좋은 사람이고 모든 사람들이 좋아하는 사람이 되어야 한다는 게 나를 죽여 가고 있었어. 내 스스로 내 발목에 밧줄 같은 걸 꽁꽁 매어뒀어. 아니 어쩌면 다른 사람들이 매어 준

줄인지 나는 알 수가 없지만, 어쨌거나 나는 그걸 끊을 생각조차 못해본 거지. 그래서 나는 힘들 때마다 교수님께서 해주신 말처럼 '무엇이 나를 매어 놓았을까' 하는 생각을 하는데. 이걸 자주 잊더라고. 그래서였어.

사실 이게 글자여도 상관 없었고 보일 필요도 없었지. 그래도 이게 발목인 건 내 발목이 묶여 있지 않다는 걸 보여주는 메타포 같은 거기도 했고. 내가 고개를 푹 숙였을 때, 담배나 뻑뻑 태우며 골목길에 쭈그려 앉아 고갤 푹 숙이고 슬퍼하던 그런 밤마다 떠올리기 위해서였어. 이렇게 평생 새겨 두어면 잊지 않겠지, 괴로울 때마다 다시 떠올릴 수 있겠지.

말하다 보니 그런 거였네. 또 잊고 있었어."

4장

커피를 마시며 턱을 괸다.

녹는점

마음을 주기 시작하는 것이 어려운 만큼 마음을 돌려받는 일도 어렵다. 나는 끓이기도 얼리기도 힘든, 끓는점은 한없이 높고 어는점은 한없이 낮은 물질 같다.

빠져들다

어색한 이야기를 나눈다. 이야기는 점차 길어진다. 떨어져 있어도 일상을 나눈다. 떠올린다. 거울을 조금 더 자주 본다. 밥을 조금 더 느리게 먹는다. 과거와 현재의 일상을 훔쳐본다. 그는 어떤 사람일까 궁금해 하다 나는 어떤 사람일까 궁금해진다. 다시 마주할 날을 기대한다. 우연한 작은 선물을 건넨다. 있을 법한 근처에 가 혹시, 말한다. 상심한다. 커피를 마시며 턱을 괸다. 다시 마주한다. 말소리는 빛난다.

웃음

눈을 감자 순수하게 올라가던 그의 입꼬리가 그려졌다. 주변 사람들이 걱정할 정도로 대부분의 시간을 집에서 혼자 보낸다는, 또 기본 감정이 우울함이라던 그였다. 서로 고맙다는 말만 주고 받았다. 당신 앞에서 나도 그렇게 순수하게 웃었을까.

소리

그는 내게 언제나 소리였다. 그의 목소리와 당신이 연주하는 피아노 소리, 그렇게 그가 모은 소리를 들었다. 그 어떤 바깥의 소리와 활자보다도 괜찮아, 하는 낮은 음에 나는 언제나 괜찮을 수 있었다.

밤

그토록 두렵고 추웠던 밤엔 눈부신 기억들과 따뜻한 말들을 떠올렸다. 겨울 가로등 불빛과 강물에 반사되어 흩어지던 햇볕과 당신 혹은 나를 비추던 핀 조명의 빛이었다. 잘잤냐는 말과 함께였던 커피 한 잔의 온도 그리고 내 작은 행동에 고맙다던 말의 온도였다. 그 기억들은 작은 초가 되어 나의 밤을 지켰다.

눈

네가 이렇게 생겼었구나, 얼굴이 바뀐 건 아닐까 싶었다. 이제는 십 년도 다 되어가는 그때의 나는 네 눈 한번 제대로 마주치지 못했다. 그럼에도 어린 나는 밤낮으로 네게 어떻게 말을 걸어볼까, 내일은 마주칠 일이 있을까 고민했다. 다음 날이 되면 괜스레 쑥쓰러워 눈 한번 마주치지 못하고, 괜스레 네 앞에서 다른 이에게 말을 걸었다. 눈 한번 마주치지 못했음에도, 너는 이렇게 생겼었구나, 라고 이제 와서야 생각하면서도, 나는 그렇게 애가 탔었다.

색깔

눈을 감으면 보이던 빛의 색깔이 조금 밝아졌다. 그동안 나는 조금 더 이기적인 사람이 되었고 조금 더 게으른 사람이 되었다.

만나고 싶지 않은 사람의 연락을 받지 않고 끼니를 랩탑을 켜는 일보다 먼저 했다. 원치 않는 약속보다 나를 위한 일을 먼저 했고, 친구들의 선물을 사기 전에 나를 위한 선물로 작은 사치를 부렸다. 밤에는 내가 먹고 싶은 치킨에 마시고 싶은 맥주를 마셨고 보고 싶던 영화를 봤다.

나를 떠나간 이들이 아닌 나를 찾아온 이들을 떠올렸다.

고마움

고맙다,

그 짧은 한 마디를 내뱉기 쑥스러 나는 고개를 푹 숙였다. 그네들은 어쩌면 내가 달가워 하지 않는다 생각했을 테다. 나는 그 내뱉지 못한 말을 속으로 삼키고 되뇌어, 아직도 그 많은 말과 행동과 눈빛의 온도를 고마워하고 있다.

잘 자

해결되지 못한 짐 덩이에 짓눌려, 누웠다기 보다는 쓰러져 버린 밤에 그 짐덩일 치워도 된다는 신호 같은 말이었다. 실제로 잠들 수 없다 해도 그 말에 짐을 치워 버리고 그제야 깊게 숨을 들이쉴 수 있었다. 그 말을 들은 게 얼마 만일까 헤었다.

언제부턴가

뚜렷하지 않은, 언제인지 알 수는 없는, 경계는 희미하지만 명확하게 존재하는 날이다. 이를 달력에 표시한다면 펜으로 여기, 그려내며 표시할 수 있는 게 아니라 수채화 물감에 물을 듬뿍 묻혀 이쯤, 이라며 칠할 수 있을 것이다. 언제부턴가, 라는 때는.

새벽, 집 앞 골목에서 어떤 생각이 자라났다는 사실을 알았다. 그 생각에 대한 문장은 '언제부턴가'로 시작했어야만 했다. 언제부턴가, 나는 그의 말투를, 콧소리의 농도를, 웃음의 색을 글로든 그림으로든 어떤 방식으로든 옮겨다 놓고 싶었다. 더 듣고 봐야만 하는 일이었다.

웃음

새벽녘 선잠에 그를 떠올렸다. 창에 비치는 푸른 빛과 새로 꺼낸 부드러운 여름 이불에 기분이 좋았다.

지금에 그를 떠올리게 될 줄은 몰랐다. 그가 사는 곳이, 살던 곳이 어딘지도 듣고는 바로 잊었을 정도였다. 달라진 것은 아마, '이제 더는 볼 일이 없겠지' 생각한 후였다. 반쯤 잠든 채로 며칠간 형체도 없이 둥둥 떠다니던 문장들을 엮어 보려 애쓴다.

그 비 오는 밤길에서 나는 드디어 내게 주연이었다. 흐릿하면서도 또렷한 배경의 작고 오래된 동네는 마치 누군가 꾸며 놓은 촬영 세트 같았다. 사소한 농담과 사소한 눈의 순간들은 늘어진 테잎 처럼 조금 더 길게 지나

갔다. 장난들은 때로는 그만큼 가까워진 것 같아 좋았고 때로는 또 그만큼까지 가까워진 것만 같아 싫었다. 내가 그런 눈과 그런 미소를 언제 마지막으로 가져 보았는지 기억나지 않았다.

그는 처음 보는 유형의 사람이었다. 그의 말들은 때로는 반짝이는 것 같기도 했고 때로는 따뜻한 선율 같은 것이 보이는 듯했다. 그 말들에 덧붙이고 싶은 말이 많았으나 그러지 않았다. 때로 나의 멍청한 말들을 덧붙이면 그 앞에서 내 말들은 초라하고 덧없이 흩어지기만 했다. 그 흩어진 말마저도 나의 홀로된 말들에 비하면 훨씬 아름다웠다.

숨겨둔 누군가의 문장을 다시 꺼내 읽는다.

"나로 사는게 나쁘지 않았다. 그런데 당신이 온 뒤로 나는 당신이 되고 싶었다. 당신이 되어 당신의 온 과거 속에 함께 있고 싶다."

기명희, <이 바람을 얼마나 그리워 했던가> 중

나는 이보다 좋은 문장을 쓸 수 없을 것만 같았다.

그의 지난 시간이 궁금해졌다. 내가 듣고 볼 수 있는 그의 지난 날들에 문득 초라한 나를 떠올렸다. 그에게 나는 어떤 사람으로 보이게 될 지 궁금해, 나의 지난 말들을 얼굴들을 그가 되어 되짚었다. 언제나와 같은 체념보다는 작은 욕심을 가졌다. 더 좋은 사람이 되고 싶다는, 되어야겠다는 생각이 들었다.

그가 들은 노래를 듣는다. 읽는 글과 듣는 노래가 꽤 많이 달라질 것이다.

그래도

가득 취해 돌아온 방에서 짧은 편지를 남긴다. 너와 종로에서 청하 네 병을 마신 즈음부터 이 말을 하고 싶었다. 사소하지만 사소하지 않은 이 이야길 하려고 했다.

몇 년이 지나도 여전히 친구들에 하는 나의 오래된 이별의 이야기, 그리고 비속어를 섞을 수밖에 없던 나에 대한 책망 외에도 할 수 있는 이야기가 생겼다. 버릇처럼 나는 달라질 거야, 변할 거야, 라고 말했듯 정말로 무언가 달라졌다. 여전히 네게 나는 타인의 맘을 헤아리지 못하는 못난 친구일지라도, 나는 누군가 이제야 듣고 싶은 사람이 생겼다.

너는 오늘까지도 알지 못했겠지만, 나는 더는 지나간, 혹은 오늘의 의미 없는 이별이나 우울에 관한 이야기를 하고 싶지 않았다. 그동안 네가 들어 주지 못한 말을 남긴다.

아마 그 비 오는 골목에서, 그가 무엇이 되고 싶었다는 말을 했을 때였던 것 같다. 누군가 언제부터였나 묻는다면 그렇게 답할 것이다. 영화에서 처럼 특별한 음악이 들리는 멋진 순간이었다기 보다는, 내겐 시간이 조금, 피자 치즈처럼 늘어난 것처럼 느껴졌고 나는 그의 말 앞뒤로 내 초라한 말들을, 지금에야 생각하면 후회할 그런 멍청한 말들을 붙였다.

그렇게 때로 비를 조금씩 맞고 미끄러지며 하염없이 걷다, 문득 그와 눈이 마주쳤을 때, 나는 너도 함께 있었다는 사실을 잊고 그에게 대뜸, "좋아해요!"라고 말할 뻔 했다. 어쩌면 술, 그놈의 술 때문일런지도 모르겠다. 하지만 상관 없었다.

눈 오는 밤에 지난 이의 이름의 라벨을 붙

였다면 비 오는 밤에 나는 그의 이름의 라벨을 붙였다. 그가 사는 동네, 좋아하는 장소나 음악과 영화들에 나도 함께하고 싶다 생각했다. 그와 더 자주 만날 더 가까운 다른 사람들에 질투가 났고, 그를 다시 볼 일을 만들어 냈다. 언젠가 게걸스레 먹는다 생각한 그의 앞에서 내가 너무 깨작깨작 먹고있는 것처럼 보이지 않을까 걱정했다. 사실이지만 그를 의식한 것 같은 말들은 내뱉지 않았으면서도, 별것 아닌 말들은 왜 굳이 꺼냈는지 후회했다. 네게 하던 언제나처럼의 그런 가볍고 상스런 이야긴 더이상 하지 않았으며, 가끔 그 가벼운 이야기들에 그의 비껴가는 눈을 나는 보고만 있었다.

어쩌면 내가 이런 이야길 꺼내는 일조차 이미 누군가에게 독점 당한 일일까 말할 수가 없었다. 나는 그만큼도 그를 알 수가 없었기 때문이다. 그와 웃으며 이야기를 나누고 가까이 걷는 이들에 대해 나는 누구냐 물을 권리가 없었다. 물론 나에 대해서도 그는 알 수 없었겠지만, 그의 입장에선 나를 알 이유도 없었다. 나는 자주 그와 일을 하고 일에 대해 이야길 해야 하는 일이 오히려 좋지 않았다. 일도 무엇도 없이, 자랑스런 내가 자랑스레 네게도 이렇다, 이런 생각을 했다, 말할 수 있으면 좋겠다 생각했지만 그럴 수가 없었다.

이런 이야기를 전하려 하며 나는 그의 두텁한 손과 넓은 어깨를 떠올렸다.

나는 재만 남은 것 같은 사람이라 무언가를, 이제는 도저히 무엇을 어떻게 해야할지 알 수가 없다. 이것이 내가 너와 술을 끝없이 마시면서도 하지 못했던 이야기다. 나는 술에 취해 있었던 가볍고 사소하고 재미있는 일들을 네게 늦은 밤 전화라도 해 전할 수는 있었지만 이 이야기만은 술을 마시고도 말하지 못했다.

어쩌면 그에게 나는 시답잖은 말을 늘어놓는, 그저 삶의 조연30 정도에 불과할 지도 모르겠다. 그런 생각이 들수록 나는 나를 틀어박히게 한다. 그래서 나는 반대로 길을 나서고, 새로운 사람들을 만나고, 언젠가의 그와 닮았어, 하는 의미 없는 말들을 늘어놓고, 또 술에 취하고 또 아침을 맞는다.

나는, 여전히 겨우 이것밖에 되지 않는 나는, 무엇도 어떤 말도 할 수가 없어 너를 불렀고 네게 이런 생각을 말할 수 없었다. 이전엔 소주 한 병을 마시기 전에도 지난밤 가벼이 만난 새로운 사람에 대해 말할 수 있었지만, 지난 낮에 떠올린 그에 대해 말할 수는 없었다.

술에 취해 아침 어스름을 걸으며 나는 난 왜, 난 왜 이것밖에 안 되는 사람일까, 생각했다. 만약 내가 그에게, 나는 이런 점에서 괜찮은 사람이에요, 라고 말할 수 있는 게 두어 가지 쯤이라도 있었다면 달라질 수 있었을까.

아침. 그리고 또 다른 아침이다.

그래도

나는 담배를 한 대 꼬아물고 난간에 앉았다. 조금 전 서점에서 산 책을 펼쳐 몇 장 넘기니, "나도 이제 행복해져도 될까."라는 글이 보였다.

조금의 설렘과 조금의 불안이 있었지만, 나는 아무렇지 않기로 했다. 여름 밤이니까. 그럼에도 나는 매번 버스가, 택시가 내려다 주는 사람이 그이길 바랐다. 버스에서 내리는 열댓 명의 사람들을 하나씩 살폈다. 그가 나를 만나기 위해 택시에서 급히 내린다면 조금 더 기쁠 거라 생각했다. 흐릿한 눈이지만 길을 걸어오는 누군가가 그가 아닐까, 내가 놓칠 수도 있지 않을까 유심히 바라봤다. 기다리는 일 정도는 내게 아무 일도 아냐, 아니, 기다리고 있는게 아냐, 나는 그저 여름 밤 어느 골목에서 책을 읽고 있어, 생각했다. 책을 접었다 펼치고 새로 담뱃불을 붙였다.

일 때문에 늦게 되어, 근처 서점에서 봐요, 라던 그의 건조한 메시지에 나는 그 길목이 아닌, 다시 그 서점에서 그를 기다렸다. '괜찮아요.'라고 메시지를 보냈고 정말로 괜찮은 마음이고 싶었다.

자주 가던 서점에서 언제나 처럼의 자연스러움이 아니라, 꽤 어색해 하며 책을 읽고 있어야 하나, 주인과 이야기를 나누어야 하나, 하며 엉거주춤 어색해 했다. 의외의 내 어색함에 서점 주인은, "왜 그래요?" 하며 식은 뱅쇼에 얼음을 띄워 내어 주었다. 뱅쇼를 한 모금 마시니 어색함이, 어쩌면 불안함이 조금 나아졌다.

이곳에서 책을 산다면 오늘은 가벼운 연애소설 같은 걸 사야겠다 생각했지만, 서점 주인에게 그런 책을 추천을 해달라 말할 수 없었다.

우울한 글을 쓰고 우울한 책들을 사가던 내가 그런 말을 한다면, 그녀가 무언가가 달라졌음을 알게 될 것이고 그 일이 쑥쓰러웠기 때문이었다. 나는 얼마 전 이야기를 나누었던 출판사에 대한 이야길 하며, 그 출판사의 오래된 소설을 한 권 골랐다.

동시에, 어쩌면 그가 오지 않아도 나는 괜찮을 거라고, 괜찮다고 말할 거라고 생각했다. 열두 시가 되면 이곳을 떠나야지, 별 거 없었어요, 하며 집으로 향해야지, 생각했다. 그러고 보면 서점 주인은 처음부터 웬일로 밤 늦게 나타난 내게 그를 만나러 왔냐고 물었고, 얼마 전에 주인과 맥주를 마시다 내가 먼저 떠날 때에도 그렇게 물었다. 사실이기도 했고 아니기도 했다.

주인과 결국 이런저런 이야기를 나누고 있을 때, 그때 그가 나타났다. 나보다도 주인이 먼저 "어, 오셨네요." 했고 나는 뒤돌기 전에 그의 목소리를 먼저 들었다. 그가 오자마자 낮은 목소리로 붙인 나에 대한 호칭에 주인은 오해가 조금 줄었을 지도 모르겠다 생각했다. 그는 땀을 흘리고 있었다. 나를 찾으러 다른 곳에 다녀왔다고, 일찍 왔어야 했는데, 미안하다고 말했다. 나는 사실 그가 오지 않아도 괜찮다고, 괜찮다고 말해야 한다고 생각했는데, 그 땀에, 찾으러 갔다는 말에, 기뻤다.

나는 그런 그가 그저 반갑기도 했지만, 그 오르막을 오가며 땀을 흘리게 된 일이 오히려 미안해 마시던 얼음을 띄운 뱅쇼를 그에게 건넸다. 그렇게 십여 분 나는 산 소설을 보는 둥 마는 둥 하고 있었고, 그는 책에 관한 잡지를 한 권 집어 주인에게 건넸다. 주인은 언제나처럼, 굳이 와 버려서 사는 거 아녜요, 했고 그는 읽고 싶었다며, 판형이 조금 작아졌네요, 말했다. 나는 슬며시 가방을 집어 들었고 자정이 다되어 이제 가야겠네요, 하며 그곳을 빠져나왔다. 서점에서 만나 떠나는 두 뒷모습이 주인에겐 조금 특별한 일일 것 같아, 오해한다면 그 편도 좋을 거라 생각했다.

또다시 그때, 그 밤길을 걸으며 그는 어제의, 오늘의 나에 대해 물었다. 그는 나를 큰 길까지 데려다 준다 했고, 나는 그 길의 끝에서 아쉬워, 맥주 한 잔 마실래요, 라고 물었다. 그가 말한 두 가게 중에 나는 조금 더 어두운 조명의 가게를 택했다. 왜 그곳이었냐는 말에, 조금 더 분위기가 좋으니까요, 하는 이유가 있었지만, 그냥 여긴 안 와 봐서요, 라고 답했다.

그는 내게 많이 물었고, 나는 어제 간 가로수길, 어제 밤 늦도록 친구와 술을 마시며 했던 이야기, 그리고 그에서 파생된 불안을 이야기했다. 나는 나보다도 그가 더 궁금했지만 더 물을 수가 없었다.

우리는 언제나 눈을 빤히 마주하며 이야기를 나누었지만 작은 테이블 건너 그의 동그란 눈을 나는 자주 피해 고개를 떨구거나 바깥에 시선을 두었다. 그러면서도 그는 동그란 눈과 동그란 코를 가지고 있구나 생각하며, 그 동그란 코를 그림으로 그려내고 싶었다. 불안과 화 같은 것들에 대해 이야기 하는 그의 눈은 슬펐고, 일에 대해 이야기 하는 눈은 언제나처럼 빛났다.

생각보다 빨리 줄어 가는 맥주가 아쉬웠다. 그와 함께하는 친구들과의 술자리는 언제나 끝날 줄을 몰랐지만 평일 저녁 약속한 단 한 잔의 맥주는 너무 적었다.

나는 책을 팔아다 낮에 현금으로 받은 돈으로 맥주를 샀다. 그곳 앞에서 택시를 타고 돌아가야 할 때 그가 더 걸어 올라가 택시를 타라고 한 말이 기뻤다. 그 길을 올라가며 이야기를 나누는 동안 그의 반팔 티셔츠 옷자락이

민소매를 입은 내 어깨에 자주 스쳤다. 나는 걷는 내내 그를 한번씩 올려다 보며 키가 이렇게 컸던가, 생각했다.

나는 그와 함께 있다는 생각보다도, 그와 어떤 이야길 나누라던 친구의 말보다도, 그가 들려주는 생각들과 이야기들이 너무나 멋지다는 생각을 할 수밖에 없었다. 그 말이 너무 빛나서 나는 지키지도 못할, 나도 그 일에 함께 하겠단 말을 해버렸다.

그의 빛나는 이야기가 끝나갈 즈음, 우리가 향하던 방향의 택시가 오지 않기 시작했다. 사실 그 방향으로 지나던 택시가 비었는지 나는 관심이 없었다. 눈 앞에서 누군가 택시에서 내려 빈 차가 되었어도 굳이 아는체 하지 않았다. 우리는 열댓 대의 빈 택시를 보냈다. 반대 방향으로 가는 택시는 많았지만, 저쪽으로 가는 차만 많네, 말했다. 사실, 그 작은 이차선 도로에서 반대로 탄다고 해도 아주 조금 돌아가게 된다는 사실을 나는 알고 있었다. 택시를 기다리던 골목 앞에서 나는 한 발짝 뒤로 물러나 내려가는 택시만 많네, 나는 말했고, 그는 그렇네, 말했다.

그렇게 여름 밤을 지냈다.

내가, 결국에 돌아가는 택시라도 타야겠어, 라고 말했을 때 그는 반대 방향의 택시를 잡았고 택시는 가던 길을 바로 돌았다. 택시를 잡은 내게, 그는 잘 가라고, 조심히 가라고 두어 번 말 했고, 나는 짧게 안녕, 이라고 말했다. 곧 다시 보자는 말을 못했던 게 아쉬웠다.

택시에 올라, "나도 이제 행복해져도 될까." 라던 그 책의 구절을 다시금 떠올렸다.

익숙함

술에 취하고 또 취해서 그에게 결국에야 했던 말은, 나 원래 이런 사람 아녜요, 였다. 구구절절 써 놓은 글들에 비친 나를 보며 열일곱 고등학생과 같은 모습을 가지고 있구나, 가질 수 있었구나, 생각했다. 나는 나쁜 사람이라며 나를 좋아하지 말아주세요, 알고 싶어 하지 말아주세요, 라던 나도 꽤 괜찮은 사람일 수 있구나, 하는 생각을 조금, 아주 조금은 가질 수 있었다.

김연수는 <사랑이라니 선영아>에서 사랑은 자신의 확장이며 그것이 끝나는 일은 다시 자신으로의 수축이라 말했다.

오롯이 나로서, 나 혼자서 살아가는 것이 편했다. 익숙함도 오래된 친구도 편안한 집도 필요치 않았다. 언제라도 어딘가에라도 멀리 떠나 버릴 준비를 하며 살았다. 앞으로도 쭉, 그렇게 살겠다는 생각에 발목 언저리엔 날아가는 새를 그려 넣었다. 조금 발 붙일 곳과 마음 붙일 사람이 필요 했을지도 모르겠다. 그는 지금껏 보아온 사람들과 완전히 다른 색깔의 사람이었다. 그는 여름밤 가로등 같은 사람이었고 나는 이름 없는 날벌레 같은 것이었다. 날벌레는, 그러니까 나는, 이자카야 야외 테이블에서도, 조촐한 앉은뱅이 술상 앞에서도, 해장국 집에서도, 그에겐 잊혀질 다짐들을 매번 했다. 그렇게라도 익숙한 사람이 필요했다.

욕심이 나서, 그 욕심에 조바심이 더해져서 방향을 잃고 이리저리 흔들리고 부딪혔다. 고량주와 사케에 취해 내가 부딪혀도 그는 미동도 없던 것처럼 말이다. 내게 주어진 것은 잡을 수 있던 옷깃, 그 정도였던 것이다. 모든 게 어려웠지만 동시에 상처받고 싶지도 않았다.

내 주제에, 나 같은 인간이 어딘가 발 붙이고 맘 붙일 일은 언제나 그랬듯 사치였다. 확장된 나는 떠날 일이 생겨도 그러지 않았던, 수줍어 할 말을 다 해내지 못하는, 그러면서도 욕심내는 어린 여자였다.

확장된 나는 일을 시작하고, 처음으로 두어 달 후의 계획도 잡았지만, 수축한 나는 여전히 발도 맘도 붙일 곳 하나 없는 부유하는 존재였다. 결국 이 짧은 여름은 여전히 그것이 나였던 사실을 확인하는 시간이었을 뿐이다.

익숙한 일이다.

혼자

혼자 숨쉬는 방은 지긋지긋하다. 모든 사물은 그 색을 잃고 회색빛이다. 온도와 관계 없이 어쩐지 한기가 서린다. 작은 방의 큰 빈 공간에 압도 되어 나는 하염없이 쪼그라든다. 회색빛 방에서 홀로 헐떡인다.

얼마 전, 모든 색이 살아나고 작은 방 가득 따뜻한 무언가 차 있던 오후를 떠올렸다. 구석 벽에 붙어 쪼그려 자던 다른 이의 존재 덕이었다.

연애

우린 무슨 사이야, 그가 물었다. 뭐든 상관 없잖아, 내가 답했고, 꼭 정의를 해야 하는 건가, 덧붙였다.

잠깐의 정적 후에 나는 비스듬히 고쳐 앉으며 따지듯 말했다.

사람들이 말하는 연애니 우리는 사귀는 사이야, 이런 건 너무 유치하지 않아? 좀 이상한 것 같아. 그렇게 약속 같은 걸 한 후로부터 매일 안부를 물어야 하고 좋지 않은 상대방의 기분도 받아줘야 하고, 내가 어디서 뭘 하는지 보고해야 하고. 보자 또 뭐가 있냐. 그래, 다른 남자랑 술이라도 마시려면 질투를 할 거고. 그냥 친구라 해도 안 믿잖아. 나 혼자 살기도 힘든데 그걸 언제 다 해. 서로 사랑 같은 걸 한다 쳐, 그래도 난 이제 그걸 못 믿겠어. 정말이면 그렇게들 살까 싶어.

그는 그런가, 하고 잠시 후 말했다.

물론 한 사람하고만 우린 평생을 기약할 거야, 하는 건 나도 못할 것 같아. 시간이 지나도 맘이 변하지 않는 것도 아냐. 그래도. 그러니까. 나한테 누가 그 이율 묻는다면 나는 내 편이 필요해서, 라고 말할 것 같아. 내가 뭘 하든 무슨 소릴 하든 내 편인 사람. 가족도 그러진 못하잖아. 그리고 그냥 가끔 안아 주고. 내가 지금처럼 별 볼 일 없는 사람일 때에도 괜찮다고 말해 주는 사람이 필요한 거야.

감기에 내내 해야하는 일을 제대로 못 해냈다. 새벽 늦게 집에 들어와, 내일 일이 있는데 아무 준빌 못했네, 라고 그에게 메시질 보냈다. 그는 괜찮아, 잘할 거잖아, 쉬어, 말했다. 나는 감기는 좀 어때, 물었다.

무슨 말이었는지 조금 알 것 같았다.

노래

늦은 새벽 맥주를 두 잔 마시고 집에 들어왔다. 며칠을 비운 방은 보일러를 켜고 삼십 분이 지나도 따뜻해질 기미가 보이지 않았다. 그가 오늘 서점에 켜 두라며 추가해준 플레이 리스트를 쭉 살핀다. 한곡한곡 들어보며 그 가사들을 읽어 보며 방의 온도와 관계없이 점점 따뜻해짐을 느낀다. 어느 곡을 듣다, 어느 늦은 밤 대학로에서, 너한텐 일주일에 하루 있는 쉬는 날이잖아, 하며 그가 했던 말을 떠올렸다.

한 바퀴만 더 돌자*.

*조애란, <한 바퀴만 더 돌자>

눈

술을 마시다 함께 있던 친구에게 "어! 눈 내린다!" 말했다. 서울에는 눈이 이-만큼이나 쌓여, 덧붙였다. 친구는 이번 겨울은 서울에서 맞아야 하니 높은 신발을 하나 사야겠다 답했다. 반가운 눈을 맞으며 담배를 태웠다. 파지를 끌고 지나가시던 할머니와 웃으며 눈 이야길 했다. 눈 때문에 앞에 잘 보이지 않는다 하셔 머리에 쓰고 계시던 두건을 두손으로 내려 드렸다. 두건이 잘 내려가지 않는다고 또 함께 웃었다. 눈이 온다고 메시지를 보낼 누군가가 있었다. 나는 맥주를 한 모금 마신 후에, 눈이 올 때 눈이 온다고 말하는 게 좋아한다는, 보고싶다는 말보다 멋지고 좋은 말 아닐까, 말했다.

안다

안아 주는 것만으로도 괜찮아, 난 그게 필요해. 그가 말했다.

낮은 목소리로 된 그의 옛 이야기를 들었다. 새벽 네 시, 눈은 이미 감겨 있고 드문드문 이야기가 끊겨 들린다. 나는 으응, 그랬어, 정도의 대답만 흐린다. 그럼에도 이야기는 여전히 긴 간격을 두고 계속 해서 들려 온다. 그 말들의 간격 사이는 바깥에서 들리는 빠른 유행가의 비트 소리가 채우고, 비트의 간격 사이는 방안 어디선가 아주 작게 들리는 진동 소리가 채운다.

그는 두렵다고 했다. 그러니까, 결국엔, 그 모든 기대와 결핍, 조급함, 그 때문에 새로운 사람을 알게 되는 일마저도 전부 두려운 거라고 했다. 지금 이 시간과 관계마저도 두렵다고 했다. 그렇게 그의 서른에 가까운 해 동안의 낯선 이야길 녹이고 다시 꾹꾹 눌러 담아 들었다.

나는, 있지, 하고 뜸을 들였다. 여전히 눈은 뜨지 못한 채였다.

나는 너처럼 생각이 많은 사람이 아니라서 굳이 왜 그렇게까지 다른 사람들을 생각하는지 모르겠어. 네 결핍과 불안에 연민을 느끼는 것도 아니고, 너라는 사람 자체를 그만큼 좋아하는 것도 아냐. 그래도 괜찮다고 말하면서 안아주고 싶다고 생각했어. 그냥 그런 거였어.

그 말을 다 마쳤는지도 모르게 잠들었다. 또다시 가을이 오고 있었다.

오후

햇볕은 그때마다 농도 짙은 마름모꼴이었다. 그 사이로 먼지들은 물고기처럼 둥둥 떠다녔다. 나는 먼저 잠에서 깨어 떠다니는 먼지를 멍하니 쳐다 보며, 따듯한 바다 속에 들어온 것만 같았다. 먼지가 떠가는 방향의 끝 마름모꼴 빛이 자리한 곳에는 회색빛 이불 그리고 그 아래에 그가 있었다. 나는 천천히 돌아 누워 햇볕을 간신히 피해 잠든 그를 빤히 올려다 보았다. 흘러가던 먼지들이 그 자리에 멈추길 바랐다.

덧붙여,

"상담실 앞에서 몇 번이고 돌아섰습니다."

제가 만들었던 우울증 수기집 <아무것도 할 수 있는>의 시작하는 말의 첫 문장입니다. 우울증을 겪은 이들의 이야기를 그대로 옮긴 책입니다. 많은 분들이 공감해 주시지만, 그래서 더 슬픕니다. 왜 그런 책을 만들었냐는 물음에는 매번 제가 말하고 싶었고 궁금했고 이해받고 싶었다 답합니다.

덕분에 아직까지도 가장 많이 듣는 질문은, "지금은 괜찮나요?" 입니다. 매번 웃으며 "지금은 괜찮아요. 잘 쉬고 잘 놀다 보니까요.", 답하곤 했습니다만, 사실 저는 괜찮지 않았습니다. 그리고 이 책에 담긴 짧은 글들은 "괜찮아요." 말하곤 집에 돌아오는 깜깜

한 길목에 쭈그려 앉아 글쓰기 어플리케이션 '씀' 남겨둔 글들입니다.

괜찮지 않아도 괜찮다고 말하는 일에 신물이 날 무렵, 광화문에서 열리는 '소소 시장'에 나가게 되었습니다. 모든게 엉망인 것만 같던 그날, 제 부스 앞에 앉아 한참 동안 '시작하는 말'만 여러 번 읽으며, "글에서 진심이 느껴져요."라던 학생에게 말했습니다.

"아까 지금은 괜찮냐고 물어봤을 때, 제가 그렇다고 말했잖아요. 사실 저는 전혀 괜찮지 않아요."

사람들과 하루 종일 즐거운 시간을 보내고, 웃으며 술을 진탕 마시고도 집에 돌아오는 길 늦은 새벽 택시에서 내려지면 매번 두려웠습니다. 그때마다 한참을 잠 못이루고 신음하다 짧은 한 문단 짜리 글을 써 두었고, 꽤 모여져 버린 글을 이 책에 모았습니다.

얼마 전 어느 인터뷰에서 저는 글을 쓰는 일에는 재능이 없다고, 책은 만들지만 글을 쓰진 않겠다고, 또 특히 제 텍스트에는 한계가 있는 것 같다고 말했습니다. 여전히 제가 좋은 글을 쓰는 일은 불가능에 가깝다고 생각합니다. 의도찮게 '작가'라고 불리는 일은 '서점 사장'이라 불리는 것보다 더 어색하고 불편합니다.

위로라는 일은 항상 어려웠습니다.

어린 시절 친구가 책상에 엎드려 울어도 그저 어깨를토닥이지도 못하고, 어쩔 줄 몰라 오히려 모른 척 하는 친구였습니다. 언젠가부터는 '괜찮다'는 말이 더 괜찮지 않았습니다. <아무것도 할 수 있는>을 만든 후에야, 저와 같이, 함께 이 어려운 시간을 살아가는 분들에게 가장 좋은 위로는 그저 함께 가만히 앉아 있고, 가끔 함께 울어주는 일 아닐까 하는 생각이 들었습니다.

저의 기록을 통해, 작은 것들을 함께 볼 수 있다면, 고마운 줄 몰랐지만 고마웠던 사람들을 헤아린다면, 그리고 늦은 새벽을 함께 두려워할 수 있다면 좋겠습니다. 저도 누군가와 함께, 누군가도 저와 함께. 그렇게 될 수 있을지는 모르겠습니다만, 그럴 수 있다면 고맙겠습니다.

언제나 저를 밝은 곳으로 끌어내려 하던 친구들, 이야길 나누어 주신 서점 사장님들, 그리고 언제까지 함께할 지 약속하지도 않았지만 그저 두렵지 않을 수도 있단 걸 알게 해준 그분에게 고맙다는 말을 전하고 싶습니다.

2017년 겨울의 초입에서,
김현경

새로 내며,

"<오롯이, 혼자>는 다시 발행할 계획이 없나요?", 예상과 달리 꽤 많이 들은 질문입니다. 그때마다 저는, 부끄러운 글이라 얼버무리며 대답을 회피했습니다. 책과 글이 좋다는 말에도 쑥쓰러움이 섞인 말투로 "도대체 왜요?" 물었습니다. 이미 읽어주셨던 분들께는 죄송한 말에다, 만들고 판 사람이 그리 말하면 안되겠지만 솔직하게 말하면 '돈 주고 살 책인가' 생각한 적도 있습니다. 그것이 꽤 많은 분들이 찾아주셨지만, 지금껏 이 책을 다시 발행하지 않았던 이유입니다.

이 책은 제게도 책장 가장 안쪽, 보이지 않는 곳에 두어 권이 꽂혀 있었을 뿐이었습니다. 얼마 전 방 청소를 하다 이 책이 툭, 떨어졌는데, 문득 스물넷에서 여섯 정도의 나는 무슨 생각을 하고 있었는지, 무슨 일이 있었는지 궁금해졌습니다. 떨어진 김에 펼쳐 몇 장 읽어 보았습니다.

오래전 찍어둔 누드 사진을 보는 느낌이었습니다. 결점 뿐인 제 속내를 그대로 보여주는 듯했기 때문이지요. 하지만 이번에는 그동안 하지 못했던 생각이 들었습니다. 어쩌면 이 글들이 '그때에만', 그리고 '그 날에만' 쓸 수 있었던 기록이었을 것이라는 생각입니다. 그렇게 생각하고 책을 찬찬히 읽어보니, 어쩌면 다시는 느끼지 못할, 쓰지 못할 마음이라는 생각에 한 편으로는 서운하기도 했습니다.

또, 이 책에 담긴 글들은 제가 쓴 다른 책들의 원형이기도 했습니다. 다른 책을 제작할 때에 이전에 써둔 글들을 참고하기 때문입니다. 우울증 수기집 <아무것도 할 수 있는>에서부터 <폐쇄 병동으로의 휴가>, 짝사랑 이야기를 담은 <여름밤, 비 냄새>까지 이렇게 모아둔 글에서부터 많이 나왔지요. 그래서 종종 제 글을 더 읽고 싶다 말해주시는 분들께도 작은 읽을 거리가 될 수 있지 않을까 생각했습니다. 그것이 제가 새로 이 책을 발행하게 된 까닭입니다.

'씀'에 쓰고 모은 글을 모아 이 책을 낸 지도 벌써 2년이 지났습니다. 누군가에게는 짧은 시간일지라도 저에게는 그동안 많은 일들이 있었고, 많은 것들이 바뀌었습니다.

무엇보다도 제 자신이 가장 많이 바뀌었습니다. 더는 길을 걷다 울지도 않고, 혼자 취해 골목에 쭈그려 앉아 있지도, 밥을 꾸역꾸역 밀어 넣지도 않습니다. 지난 이별과 사람들, 추억에 슬퍼하지도 않고, 누군가를 향한 애타는 마음도 없습니다. 타인의 호의를 깊은 고민 없이 고맙다는 말로 받아들입니다. '잘 지내냐'는 말이 더는 불편하게 느껴지지 않습니다.

제게 이런 변화가 온 계기를 저도 알지 못했습니다. 하지만 이 책을 다시 편집하며 어쩌면 모든 감정에 푹 빠져 끝까지 겪어냈기 때문이지 않을까 생각했습니다. 혹은 그 감정들을 어떻게 적어낼 수 있을까 고민하며 보낸 시간 때문이기도 하겠지요.

이 책의 글은 그때그때 쓴 거라, 제멋대로인 글이 많았습니다. 술에 취해서 썼다면 횡설수설하는 그대로, 감정에 흠뻑 취해서 쓴 글도 그대로였지요. 몇몇 글은 그런 느낌을 살려 두었지만, 전체적으로 글을 다듬는 일을 재은이 맡아 주었습니다.

제 글을 그동안 읽어주신 모든 분들께 감사드리고, 저의 밤을 함께 두려워해 주셔서 감사합니다.

내일은 조금 더 행복하시길 바라며,

현경

김현경

사람들 이야기가 궁금해 책을 만듭니다.
물어보는 사람이 되고 싶습니다.

2016년 우울증 수기집 <아무것도 할 수 있는>을 엮고, 후로 <저도 책 같은 걸 만드는데요>, <취하지 않고서야>를 함께 쓰고, <폐쇄 병동으로의 휴가>, <여름밤, 비 냄새>를 썼습니다.

instagram @vanessahkim

오롯이, 혼자

글

김현경

교정 **송재은**
디자인 **김현경**
표지 사진 **Noah Usry on Unsplash**

초판 1쇄 펴냄 **2019년 12월 25일**
초판 5쇄 펴냄 **2024년 2월 12일**

펴낸곳 **warm gray and blue (웜그레이앤블루)**
홈페이지 **warmgrayand.blue**
인스타그램 **@warmgrayandblue**
이메일 **warmgrayandblue@gmail.com**
출판등록 **2017년 9월 25일 제 2017-000036호**